La sangre del alfa

Renee Rose

Lee Savino

Traducido por
Begoña Marin

Midnight
ROMANCE

Publicado en los Estados Unidos de América

Renee Rose Romance y Silverwood Press

Montaje: Miranda Johnson

Este libro es una obra de ficción. Si bien se puede hacer referencia a eventos históricos reales o lugares existentes, los nombres, personajes, lugares e incidentes son producto de la imaginación de los autores o se usan ficticiamente, y cualquier parecido con personas reales o con muertos, establecimientos comerciales, eventos o lugares es completamente coincidencia.

Este libro contiene descripciones de muchas prácticas BDSM y sexuales, pero esta es una obra de ficción y, como tal, no debe usarse de ninguna manera como guía. El autor y publisher no serán responsables de ninguna pérdida, daño, lesión o muerte resultante del uso de la información contenida en él. En otras palabras, ¡no intenten esto en casa, amigos!

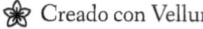 Creado con Vellum

Libro Gratis - La virgin y el vampiro

Quiere un libro gratis de Renee Rose y Lee Savino? Suscríbete a su newsletter para recibir **La virgin y el vampiro** y otro contenido especialmente bonificado y noticias de nuevos. https://BookHip.com/XJPQQXK

Libro Gratis de Renee Rose

Capítulo Uno

Selene

El escenario es una vieja y maltrecha plataforma, transformada por exuberantes cortinados rojos y focos deslumbrantes. ¿Cuántos *Macbeths* han muerto aquí? ¿Cuántos *Hamlets*? Espero tras bastidores escuchando el murmullo del público. La piel de gallina se eriza en mis brazos.

Relájate, me susurra la voz de mi mentor, *vas a actuar espléndidamente.*

Ciertamente espero que sí, pues me he preparado para este momento toda mi vida. Llevo un atuendo sedoso con tirantes que acentúa mis pechos y caderas de maravillas, modestia aparte, mientras las piernas se lucen desnudas por debajo de la mitad del muslo. La reveladora prenda no me molesta, pero me siento desnuda, sin arma alguna. Desde los dieciséis años, siempre he tenido armas conmigo, solía quedarme dormida acunando mi favorita: una estaca de madera.

Este es tu mayor papel. Tu actuación definitiva, ha dicho

mi mentor. *Si fallas, pagarás el precio final.* Profundizó la vos: *No me falles.*

No fallaré. Después de esta noche, mi vida penderá de un hilo, pero no es nada nuevo. Siempre ha sido así. He esperado, llorado, sudado, luchado, vivido y respirado por este momento. El entrenamiento me lo exigió todo, lo he dado todo. Cualquier desenlace posterior a esta noche ha sido planeado hace mucho tiempo, mi parte en la trama está hecha a medida para mí. Nací para interpretar este papel. Todo en mi vida me ha traído a este momento.

—Diez minutos —dice un asistente vestido de negro, detrás del escenario. Su mirada me recorre como si fuera parte del decorado. Levanto la barbilla y me encuentro con su mirada, le miro fijamente hasta que aparta la vista y se escabulle. Me aliso mi traslúcido vestuario y me preparo. Esta noche interpretaré a una sumisa pero no hasta que se levante el telón. No me acobardaré ante estas cucarachas. Ni siquiera mi mentor me doblega, a quien le divierten mis muestras de dominio. O tal vez se piense que mi poder alfa me protegerá en mi misión final. De cualquier manera, permite mi descaro; estaría muerta si no lo hiciera.

Dos sombras se mueven en las profundidades del escenario. No me molesto en mirar atrás. Los guardias están allí para mi protección, también para llevarme al escenario si me acobardo. Es innecesario. No puedo esperar para interpretar este papel.

Este antiguo teatro hace mucho tiempo ha sido abandonado. El aire es polvoriento, rancio. La sala verde tiene otro aroma agrio que solo empeora cuando se descienden las escaleras hacia el sótano lleno de jaulas. Mi mentor me empujó más allá de ellas, ordenándome que me concentrara en el final del juego. Una parte de mí quería girar y mirar las jaulas, encontrar las que estaban ocupadas y romper los barrotes. Liberar a los asustados cambiaformas. En otra vida, esa sería mi misión. Tal vez todavía pueda serlo si sobrevivo.

¿Terminarán en el escenario?, pregunté mientras subíamos las escaleras, escapando de esos ojos brillantes.

Algunos sí, respondió mi mentor. *Algunos esperan a que vengan a recogerlos.* Cuando captó mi ira y disgusto, se acercó. *Esta es la perversión que permite Lucius Frangelico. Cuando desaparezca, corregiremos este error.*

Era la frase perfecta para decir. Cuando suba al escenario, todo lo que pensaré es en el rey sentado entre el público. El final de su reinado enviará ondas de choque a través de su reino corrupto. Pero primero, Lucius Frangelico tiene que morir.

¿Él está aquí? ¿Ahora?, le pregunté antes a Xavier.

Está en camino, mi mentor respondió. *Mis espías informan que llegará a tiempo. Una vez que se siente, daremos la señal y comenzará tu parte.*

Aprieto los puños a mis lados, me obligo a abrirlos. Es hora de entrar en mi papel. Debo actuar perfectamente o no sobreviviré.

Aparece otra figura. Una mujer mayor sale de la sala verde para hacerme un retoque una vez más. Me paro derecha, dejando que me estudie, incluso bajo la mirada al suelo, actuando como la sumisa que se supone que debo ser.

Llevo el cabello trenzado y recogido en la cabeza como una corona. Un mínimo de maquillaje: un poco de sombra de ojos, rímel y rubor. Suficiente para que las luces me resalten los rasgos, con un toque audaz alrededor de mi boca roja. El color de la sangre, el sueño de los vampiros.

Captarás su atención de inmediato, ronroneó mi mentor, *estará complacido.* Los ojos de Xavier recorrieron mi silueta semidesnuda. Me dije a mí misma que su atención era impersonal, clínica, pero no pude evitar disfrutar la aprobación que brillaba en su único ojo.

¿Y si no muerde el anzuelo?, pregunté.

Lo hará. Si no es esta noche, uno de mis colegas te comprará y te exhibirá. Te exhibirá ante las narices de Frangelico. Depende de ti captar su atención. Las grandes manos de Xavier se cerraron alrededor de mis brazos; su agarre era cruel, doloroso. Sus dedos me dejaron moratones, marcas que acepté agradecida. Mi entrenamiento no me permitía la comodidad o el contacto amistoso, pero me dejó muchas marcas, que les di la bienvenida como besos o abrazos. El dolor se convertía en placer, cada moratón me hacía más fuerte, como un arma afilada.

Cuando Xavier apretó su agarre, ahogué un gemido.

Buena chica, me dijo, y mi ánimo se disparó. No estaba segura de si tenía la intención de lastimarme hasta que dio un paso atrás y dejó que la maquilladora hiciera su trabajo. Cuando ella se dispuso a cubrir los moratones con maquillaje, él le ordenó que los dejara. *Llaman la atención,* dijo Xavier y me acarició la barbilla: *Recuerda todo lo que te he enseñado.* Incliné la cabeza y el vampiro tuerto se fue. La maquilladora se estremeció y le di una leve sonrisa de solidaridad.

Grande, ancho como un luchador, con un lado de la cara arruinado y apenas presentable por un parche en el ojo, Xavier era aterrador, pero me había criado y entrenado con un enfoque implacable en mi objetivo final: la venganza. Sus métodos eran brutales, crueles. Si no me hubiera dado todo lo que necesitaría para vengar a mi manada asesinada, le odiaría.

Tal vez le odiara. En mi mundo, el odio es una emoción no tan lejana del amor.

La maquilladora asiente con la cabeza y se marcha taconeando en el escenario surcado de marcas. Con los ojos clavados al suelo, no puedo evitar ver los signos de los metamorfos: el pelaje desprendido, los rasguños donde los guardias los obligaron a subirse al escenario. Hay metamorfos que esperan en el sótano ahora, temblando en jaulas. No pude salvarlos esta noche. Tal vez lo haga si sobrevivo.

Oigo un alboroto tras bastidores, donde un hombre calvo y bajito vestido de esmoquin camina, sosteniendo un conjunto de notas en mano. Las hojea murmurando en voz baja.

—Lote nueve, mercadería especial. Loba entrenada, intacta. Sangre sin probar. —Me mira evaluándome. Bien podría ser un pedazo de carne.

Respiro hondo para meterme en el personaje: la loba mansa y sumisa entrenada para ser la compañera de un vampiro.

Frangelico no podrá resistirse, me ha dicho Xavier cuando me puso un collar blanco alrededor del cuello. *Eres preciosa.* No fue un cumplido. En mi mundo, la belleza es un arma. Un arma para la que fui entrenada.

Un asistente le da al hombre del esmoquin un micrófono.

—Es hora —dice el subastador, y me llama agitando la mano. Respiro hondo, levanto la cabeza y avanzo descalza por el escenario.

* * *

Lucius

—Señor, me alegro de que nos acompañe. —Un vampiro me saluda con una reverencia cuando salgo de mi limusina. Mis guardaespaldas bloquean su camino hasta que les indico que se hagan a un lado.

—Me dijeron que este es el lugar para comprar una cambiaformas. —Observo el edificio deteriorado, la marquesina vacía.

—Sí, sí, así es. —Dante se ríe un poco y corre a abrirme la puerta—. La primera parte de la subasta ha terminado, pero me han dicho que los lotes restantes son sublimes. La *crème de la crème*. Por aquí, por favor...

Paso junto al diligente vampiro. ¿Por qué lo he convertido en uno? Todos mis engendros eventualmente me decepcionan, es mi maldición.

Grupos de vampiros bien vestidos me miran discretamente cuando avanzo por la sala. No esperaba pasar desapercibido, pero por la forma en que Dante se mueve a mi lado, es como si tuviese un foco iluminando mi entrada.

El teatro, a pesar de ser antiguo, tiene su encanto. Una araña de cristal resplandece encima de mi cabeza; las cortinas rojas del escenario se han cepillado recientemente. Pero ni siquiera la fuerte colonia y el perfume que emana del público vampírico puede disimular el olor a piel de cambiaformas y a miedo.

Me han dicho que las metamorfas están bien dispuestas, tan desesperadas por un protector que aceptan ser vendidas a un vampiro con inclinación por la sangre de cambiaformas. Ciertamente, hay muchos de nosotros con ganas de pagar un buen dinero por una mascota.

—Como pueden ver, hemos comenzado con las renovaciones del teatro, esforzándonos en preservar la integridad de la arquitectura de la década de 1920... —Dante detiene el recorrido abruptamente cuando me acomodo en un asiento que da al pasillo.

—Señor. —Señala delante de él—. Le hemos reservado

un asiento especial para usted, en el centro. Esta fila no ha sido renovada...

—Está bien aquí. —Asiento con la cabeza a mi equipo de custodios, que se ubican alrededor del pasillo que he elegido. Son seis de los mejores guardaespaldas que el dinero puede comprar, con armas escondidas debajo de sus trajes, pero solo son los guardias que la gente puede ver. Tengo más custodios de los que nadie puede adivinar. Después de haber padecido mil años de conspiraciones e intentos de asesinato, uno aprende a planificar con anticipación.

Dante se cierne cerca de mí, todavía intentanto que me cambie a un asiento más grande y nuevo.

—Estos viejos asientos tienen fuelles que no son muy cómodos.

Tiene razón, un fuelle se me clava en el trasero en este mismo momento.

—Prefiero este asiento. —Vuelvo mi atención al escenario vacío.

Motas de polvo flotan delante de los focos demasiado brillantes; el cortinado ondula, la sala se colma con el murmullo expectante del público.

Estiro las piernas ignorando el nerviosismo en el aleteo de la mano de Dante. El hecho de que este vampiro quiera que cambie de asiento no ha escapado a mi atención.

Gira haciéndole señas a alguien del balcón. Mis vástagos traman algo. A juzgar por las molestias que se han tomado para organizar esta subasta, han estado complotando durante algún tiempo. No importa. En mi larga vida, he descubierto que un golpe es muy parecido a otro.

Teófilo, uno de mis vástagos, se sienta unas filas delante de mí, se da la vuelta e inclina la cabeza en saludo. Inclino la mía en reconocimiento y le hago señas.

—Señor —dice cuando llega a mi lado y se acerca—. ¿Cómo puedo serle útil?

—¿Cuántas subastas se han celebrado aquí?

Echa un vistazo alrededor de la sala poco iluminada.

—Bastantes. Hace solo unos meses oí hablar de ellas. Esta es mi tercera vez aquí.

—¿Y las metamorfas están dispuestas?

—Tan dispuestas como pueden estar. —Hace una mueca—. La mayoría son de especies raras. No tienen un gran clan que las proteja y caen presa de cambiaformas más fuertes.

—¿Entonces están de acuerdo con *esto*? —Agito una mano señalando el escenario—. ¿Es mejor pertenecerle a un vampiro?

—No soy un metamorfo, no lo sabría. Mi conjetura es que una vida en servidumbre es mejor que ninguna vida en absoluto.

Aprieto los labios juntos. La mayoría de las metamorfas que he conocido preferirían ser libres. Después de todo, son en parte animales salvajes.

—¿Tiene más preguntas sobre la subasta? —Teófilo pregunta. De todos mis engendros, es el menos propenso a conspirar contra mí, pero no significa que no lo haya hecho.

—No de momento.

—¿Tiene la intención de hacer una oferta, señor?

Estudio el rostro de Teófilo en busca de un indicio de emoción, interés, esperanza, cualquier cosa.

—No lo he decidido. —Esbozo una sonrisa enigmática.

—Se sorprenderá. Muchas de estas cambiaformas son naturalmente sumisas. Poseer una criatura tan poderosa puede ser estimulante.

—Eso es un factor a considerar —murmuro.

—Cuando se vive para siempre, hay muy pocos

placeres nuevos para disfrutar. —Teófilo mira el escenario y se relame los labios. Una muestra flagrante de anticipación.

Tal vez no haya nada nefasto en estas subastas cuando en la larga vida de un vampiro es fácil sucumbir al aburrimiento. El aburrimiento engendra más perversiones, cada vez más oscuras.

—Cuando vives tanto como yo, no hay nuevos placeres —le digo—. Te conformas con lo viejo.

Teófilo inclina la cabeza.

—Con el debido respeto, considere ofertar esta noche. Algunas de las cambiaformas están de acuerdo con la subasta, pero ponen una deliciosa resistencia después de que son compradas. Someterlas proporciona meses de entretenimiento, si se lo busca.

—¿Meses? Me sorprendes, Teófilo —le digo, provocándole—. Con paciencia, un experto puede disfrutar de una víctima durante años.

Se sonroja.

—Estas metamorfas no durarán años. No se puede convertirlas, después de todo.

—Como digas —finjo estar de acuerdo—. Supongo que el entusiasmo desaparece después de unas semanas. Meses, si la víctima es especial.

—Las cambiaformas son bastante más fuertes que las humanas, pero nadie puede resistir a un vampiro. Todas se quiebran al final.

—Sí. —Vuelvo mi atención al escenario—. Todas se quiebran al final.   —Incluso los vampiros.

Pasan los minutos y pretendo no notar a los miembros del público que me estudian. Levanto los dedos. Esta noche asistiré a la subasta fingiendo interés. Dentro de un mes, organizaré una fiesta con un número selecto de mis vástagos. Para entonces sabré cuál de mis engendros conspiró contra mí. Ya tengo una idea.

—Damas y caballeros, por favor, tomen asiento. La parte final de la subasta está a punto de comenzar.

Cuando las luces se apagan, un murmullo de anticipación recorre la sala.

Se abre el telón.

Y aparece ella.

* * *

Selene

—Lote nueve, mercadería especial —anuncia el subastador.

Me paro en la pequeña plataforma mirando fijamente un océano de luz blanca. Los focos me ciegan antes de que recuerde bajar la mirada al suelo, pues se supone que debo ser sumisa. Una pequeña mascota perfecta para un vampiro.

—Mujer, cambiaforma de lobos, veintidós años. Ha sido entrenada en las artes de la sumisión y... —El subastador hace una pausa y baja la voz—. Nunca han probado su sangre. Nunca ha sido montada tampoco. Así es, damas y gentiles vampiros... Es virgen.

¿Imagino el murmullo y la excitación en las filas más allá de las luces? Mi entrenamiento se activa y suavizo mis rasgos antes de que se me retuerzan los labios de disgusto.

—Date la vuelta, cariño, danos un espectáculo —ordena el subastador.

Giro obedientemente, volviendo a mi postura de descanso. Inclino un poco la cabeza.

—Las ofertas comienzan en mil —afirma el subastador —. Mil para esta virgen pura. ¿Tengo mil, sí, allí en la parte de atrás? Caballero con pajarita roja. ¿Alguien más quiere poseer este fino espécimen de belleza metamorfa? ¿Puedo conseguir dos mil...? —La oferta es más alta, estimulada por el entusiasmo de la cháchara del subastador. Entrecierro los ojos. ¿Cuántas personas hay en el público? ¿Diez? ¿Veinte? ¿Cien? En algún lugar, tal vez en el balcón, Xavier me observe.

No importa. Solo estoy aquí por un vampiro, solo uno: Lucio Frangelico. Necesito captar su interés.

Dejo caer la mirada hacia el escenario tratando de parecer mansa. ¿Qué atraerá a un rey vampiro para ofertar por mí? Me relamo los labios rojos, pero no puedo adoptar una pose sensual cuando quiero violentarme por someter a los metamorfos a este evento repugnante.

Mis puños pican para apretarse. Fuerzo mis hombros a relajarse.

Esto terminará pronto.

* * *

Lucius

No es una sumisa.

Esa es mi primera impresión de la hermosa loba que mira al suelo delante de sus pies descalzos. Cada vez que el subastador menciona su estado virginal, la comisura de su boca se contrae. La vistieron al mínimo con una prenda más cercana a un picardías que a un atuendo de noche y la tela es tan sedosa que pide ser arrancada. Tiene moratones en los brazos, una señal de que ha sido maltratada, pero nada en ella es frágil. Es alta, tentadora, una amazona con una corona de cabello dorado.

Algo en ella me resulta familiar, pero cuando levanta la cabeza y dispara una mirada fulminante a cada rincón del teatro, pierdo el hilo del recuerdo. Mi cuerpo responde, la sangre corre. ¿Cómo sería poseer una criatura así para domesticarla, dominarla?

Reprimo mi expresión y simulo una de aburrimiento. La loba me tienta, eso es todo; algo nuevo y divertido para desviar mi atención por un tiempo. La inmortalidad lo reduce todo, el placer y el dolor, a una distracción temporal. Pero esta loba podría hacerme olvidar eso por un rato. Además, se parece a alguien que una vez conocí...

En el escenario, se relame los labios pintados; mis pantalones se tensan y mis manos se anudan en puños. Mi paleta para ofertar descansa en el suelo, junto a mi zapato. Dante debe de haberla dejado allí.

No voy a ofertar esta noche, pero es tan tentadora.

En la fila frente a mí, Teófilo se aclara la garganta.

—¿Ve lo que quiero decir, señor?

—Sí. —Me inclino hacia adelante para volver a estudiar a la loba—. Sí.

* * *

Selene

—¡Cinco mil, cinco mil! ¿Puedo conseguir cinco mil? —balbucea el subastador cuando la subasta se ameseta. Hace una pausa y se rasca la barbilla—. ¿No? Tal vez necesiten más incentivos.

Saluda a alguien fuera del escenario y tres fornidos asistentes marchan directamente hacia mí.

—¿Qué? —le digo al subastador, pero él apoya un codo en el podio, acomodándose para mirar. El primer hombre llega a mí y toca un tirante de mi atuendo.

—Es hora de desnudarse, cariño.

Mi mano vuela hacia arriba antes de que pueda detenerla. Empujo al bocazas número uno lejos de mí cuando sus dos amigos llegan y me sujetan los brazos, justo encima de los moratones que Xavier me dejó.

—Perra —murmura el número uno. Su mano fornida agarra los tirantes que cruzan sobre la espalda y los arranca. La prenda cae dejando al descubierto mis pechos justo cuando libero un brazo. Mi entrenamiento se activa. Me inclino hacia la izquierda y pateo al hombre a mi derecha en la entrepierna. Cae y yo me sacudo, haciendo que el hombre de la izquierda pierda el equilibrio. Le doy un puñetazo en la cara y le vuelco sobre mi espalda. Se estrella contra el número uno. Me agacho en la postura de un luchador en el centro de tres matones derribados.

El subastador se está riendo.

—Damas y caballeros, ¿puedo recibir un aplauso por el lote nueve? —Un puñado de aplausos colma el teatro. Se me encienden las mejillas. No me defendí como parte de un maldito acto.

Excepto que lo fue. A mi alrededor, los matones se agitan y se ponen de pie. El subastador los saluda y se alejan.

—Se acabó el espectáculo, amigos —anuncia el subastador—. ¿Quién quiere irse a casa con ella esta noche? ¡La oferta comienza en cinco mil!

Mi atuendo se agolpa alrededor de mis caderas. Me lo quito y lo tiro.

—¡Tenemos a alguien! Vaya. ¿Será suficiente para dominarla? Cinco mil y lo descubrirá.

* * *

Lucius

. . .

La loba está desnuda en el escenario con el pecho agitado. Ha desaparecido cualquier apariencia de mansa servidumbre; un mechón de cabello cae de su trenza y se lo acomoda impasiblemente, mirando todo y nada.

Es magnífica. Si fuera su dueño... lo bien que me la pasaría mientras luchamos por el dominio cada noche.

No soy el único que lo piensa.

—Maldición —respira Teófilo. La vez siguiente que el subastador incita una oferta, levanta su paleta. Reprimo un gruñido.

—Teófilo —espeto, poniendo suficiente autoridad en mi voz para hacer que gire la cabeza. Le tiendo la mano con la palma hacia arriba—. Dámela.

Obedece, pero a mi alrededor los vampiros ofertan por la loba que permanece parada en un charco de luz sin siquiera tratar de ocultar su disgusto. ¿Qué la hizo aceptar la subasta? No parece de esa clase.

Hago señas a Teófilo.

—Si alguien oferta por estas metamorfas, ¿ellas obtienen una parte del dinero?

La comprensión ilumina sus ojos.

—No. Se convertirán en propiedad de otro. No tienen nada. Pero su familia podría ser compensada.

Eso coincide con la información que me dieron de los esclavistas de cambiaformas. Estos hombres, por lo general metamorfos deshonestos, encontraron clanes ocultos de cambiaformas y les ofrecieron dinero por las más sumisas de la manada. Seguramente hubo amenazas también. ¿Permitiría esta loba ser parte de semejante trato? Tal vez estuvo de acuerdo si el dinero iba a su familia.

Asiento mientras las ofertas se suceden a mi alrededor. Un misterio. Estoy cada vez más intrigado a cada segundo.

—¡Un millón! —alguien grita una oferta. Me doy vuelta

y miro al otro lado del pasillo. Un gran vampiro con un parche en el ojo me mira. Solo una vida de control sobre mis emociones me impide mostrar mi sorpresa.

Es Xavier. ¿Qué hace aquí? Nuestros caminos no se han cruzado en décadas. Tal vez en un siglo. Inclina la cabeza en reconocimiento burlón. La última vez que nos vimos éramos enemigos.

Hay silencio mientras el subastador y el público asimilan la millonaria oferta. En el escenario, la loba tiembla como si recordara por qué está aquí. Entonces se me viene a la memoria a quién me recuerda la loba. Su rostro se convierte en otro, en el de una diablilla con una nube de cabello dorado, mi primera amante vampira. La única mujer, tal vez, que alguna vez amé. Georgianna.

Xavier me mira desde el otro lado del pasillo y veo sus colmillos. Nunca me perdonó por quitarle a Georgianna, y ahora pretende arrebatarme a esta loba, justo delante de mis narices.

Esta es mía, parece decir su rostro con regodeo. Pobre loba. Xavier siempre rompe sus juguetes. Si no fuera por diversión, entonces para evitar que alguien más los disfrutara.

Aprieto los dedos en la paleta de oferta. Toda esta subasta, la aparición de Xavier, la loba que se parece al fantasma de Georgianna, cobra vida. Es una estratagema. Una trampa. Tiene que serlo. Es demasiado conveniente.

Alguien trama algo. Si mis engendros se unieron a Xavier, entonces se han rebelado más allá del punto del perdón. Sus vidas han terminado.

Pero si todo este despliegue es Xavier actuando solo, entonces podría ser interesante jugar el juego y salvar a la loba, presumir de ella ante mi corte y atraer a Xavier a mi red.

¿Cuál es el dicho? *Mantén a tus amigos cerca... y a tus enemigos más cerca.*

Venga, sí. Las próximas semanas serán muy entretenidas.

Me reclino en mi asiento y levanto la paleta.

* * *

Selene

—¡Un millón!

La sangre se me sube a la cabeza. Esa fue la voz de Xavier. ¿Está ofertando por mí? ¿Por qué?

Aprieto las manos frente a mí, controlando mi estremecimiento. ¿He fallado? No puedo fracasar. No me queda nada más que el camino por delante. La misión de atraer a Frangelico.

Cuando el silencio se prolonga, se me ponen los nervios de punta. A Xavier no le gusta el fracaso, una lección que he aprendido una y otra vez, pues el dolor es un gran maestro. Soy lo suficientemente fuerte como para soportarlo, pero si fallo en esta, no lo sé...

Una voz grave rompe la quietud.

—¡Diez millones!

Otro silencio vuelve a caer sobre todo el teatro; cada criatura, yo incluida, contiene la respiración.

El subastador parece que no puede creer su suerte.

—¡Diez millones! —Se limpia la frente mirando alrededor del teatro, mordiéndose el labio. Espera a que suba la apuesta, pero el asombroso salto de uno a diez millones le dejó con la lengua atada.

Finalmente golpea su martillo y grita.

—¡Vendida! ¡Vendida al caballero con los bolsillos más abultados! El rey vampiro Lucius Frangelico.

Me zumban los oídos mientras me agacho para recoger los retazos del atuendo rasgado.

¡Funcionó! ¡Me compró!

En unos minutos estaré en las garras de mi nuevo maestro vampiro.

Todo marcha según lo planeado.

Cuando se cierra el telón del escenario, me quedo parpadeando en la oscuridad.

El subastador anuncia un receso y sale. Una vez que está entre bastidores, me hace señas para que le siga.

—Buena chica. —Se frota las manos, probablemente imaginando sostener diez millones de dólares en sus dedos gordos y sucios. Cierro los ojos, mareada. ¿Qué clase de vampiro paga diez millones por una mascota loba? ¿Qué hará conmigo?

No importa. Todo terminará pronto. Solo tengo que soportar el trago amargo, pero bueno, he sido entrenada para resistir mucho dolor.

Cuatro guardias se acercan y me rodean. No me tocan, así que no hago un escándalo. Más allá de ellos, los matones que me maltrataron acechan en las turbias sombras. Uno tiene una bolsa de hielo en la cara. El que golpeé en la entrepierna se ha ido. El que queda me mira pero no se acerca. No se atreverán a tocarme ahora que pertenezco al rey vampiro, un pensamiento que me estremece como un golpe y me hace balancearme sobre los pies.

Un hombre joven y delgado aparece a un costado. Me doy vuelta y aparto los ojos cuando capto su esencia. No es humano. Es vampiro.

—A Su Majestad le gustaría que se pusiera esto. —El joven sostiene una chaqueta de traje para que me ponga. Le entrego mi prenda rasgada a un guardia y dejo que la chaqueta de gran tamaño me envuelva. Las mangas cuelgan sobrepasando mis muñecas y cubre mi espalda hasta la mitad del muslo. He usado vestidos que son menos modestos. Me puse uno esta noche.

—Su Majestad la recogerá pronto. ¿Necesita algo? ¿Comida, algo de agua?

Zapatos me vendrían bien, pero niego con la cabeza. Hundo la cara en el cuello de la chaqueta e inhalo el sutil y costoso perfume impregnado en la tela. El perfume no oculta el familiar aroma pedregoso y frío. Esta chaqueta fue usada recientemente por un vampiro.

—Por aquí. —El subastador nos conduce a la sala verde.

El joven vampiro arruga la nariz.

—¿Esperas que el rey venga aquí? Es un basurero. —El subastador se humilla y niega que alguna vez hubiera deseado que el gran Frangelico mancille sus zapatos entrando en esta habitación. El joven vampiro gruñe—. Entonces ofrécenos un lugar mejor donde esperar. Ella es propiedad del rey. —Me señala con un gesto de la mano—. El respeto que le brindas es el respeto que le muestras al rey.

Así es como terminamos en otra sala que huele a pintura fresca, llena de muebles nuevos, ubicada en la planta superior, donde el joven vampiro se preocupa por mí, buscándome una botella de agua y lamentando mi falta de calzado.

Me desconecto de todo. Nada me importa hasta conocer a Frangelico. Mi nuevo maestro.

No. Nunca será mi dueño. Pensará que le pertenezco. Para cuando se entere de la verdad, será demasiado tarde.

Me enfrento a la puerta esperando a que entre el objetivo: Lucius Frangelico, el rostro que me persigue. La fuente de todas mis pesadillas. El vampiro que mató a mi manada y me dejó huérfana. Si no fuera por Xavier, estaría muerta. Le debo todo, pero la deuda nunca será saldada. Xavier me devolvió la vida y también me dio una razón para vivir, con años de entrenamiento y planificación, que culminan en una sola misión: la venganza.

Y ahora me ha vendido al rey vampiro. Me infiltraré en su residencia privada, dejaré que me lleve a sus aposentos. Ganaré su confianza. Esperaré hasta que llegue el momento adecuado.

Toda mi vida he estado esperando esto. Todo mi entrenamiento, todo mi trabajo duro por un objetivo.

Matar a Lucius Frangelico.

Capítulo Dos

Lucius

Una vez que cae el telón, se encienden las luces de la sala. Me doy la vuelta, pero el pasillo frente a mí está vacío. Xavier se ha ido.

Lástima. Me hubiera gustado hablar con él porque tenemos una cuenta que saldar que se remonta a cientos de años. Dudo que lo haya olvidado. Un vampiro nunca olvida.

Xavier vendrá a mí de nuevo. Puedo presentirlo. Solo hemos hecho nuestros primeros movimientos en nuestro jueguito.

Teófilo se pone de pie.

—Increíble, señor —dice efusivamente—. Nunca he visto nada igual.

Le entrego mi paleta murmurando instrucciones sobre cómo completar mi compra. Le doy mi tarjeta y le despido antes de hacer un gesto a mis guardias tanto visibles como invisibles. Cuatro se dirigen al escenario para proteger mi reciente adquisición.

Los vampiros me rodean, ansiosos por felicitarme. Dante aparece a mi lado.

—Eso fue magnífico —respira.

—Tu selección es ejemplar —digo lo suficientemente alto como para que todos me escuchen—. Eres digno de elogio.

Dante sonríe y dejo caer una mano pesada sobre su hombro.

—Lleva mi adquisición a un lugar seguro. Atiende sus necesidades. Cuando venga a recogerla, será mejor que no haya un rasguño en ella, o cualquier daño que sufra, se lo infligiré diez veces más a todos en este lugar. —No he olvidado la pequeña estratagema con los tres matones. Tres matones contra una mujer. Se protegió a sí misma, pero de ahora en adelante no debería tener que hacerlo. Mantenerla a salvo es mi responsabilidad y mi privilegio.

Dante se pone blanco.

—Considérelo hecho, señor —mueve la cabeza. Agarro su brazo antes de que pueda salir corriendo—. Espera. —Me encojo de hombros, me quito la chaqueta de mi traje y se la entrego—. Pon esto en ella. —Mi aroma será suficiente disuasivo para cualquiera que quiera hacerle daño. Una marca temporal de propiedad hasta que le dé una más permanente.

¿Lo único brillante en este juego turbio? Ser el dueño de la loba. Puedo hacer lo que quiera con ella.

Apenas puedo esperar.

* * *

Selene

Los guardias a mi alrededor se enderezan un segundo antes de que Frangelico entre.

Es alto, mucho más alto que yo, tanto que su cabello oscuro roza el marco de la puerta. Tiene la misma constitución que Xavier, pero donde los rasgos de mi mentor son duros y brutales, los del rey vampiro parecen esculpidos.

He visto bocetos de él antes de la vigilancia de Xavier, pero nada le quita la ventaja de conocerle en persona. Un envoltorio tan hermoso para contener tanto mal.

Tiene los ojos oscuros del color del café. Es más robusto de lo que mostraban los bocetos; su perfil es afilado, aguileño. El rostro parece calcado de una moneda romana, pero más que eso, todo su aspecto, aspecto y constitución, es el de un antiguo monarca. Por lo que sabemos, fue un rey en sus días humanos. Un emperador. Un conquistador.

Me tiemblan las rodillas, lista para arrodillarme. Le miro fijamente. Se encuentra con mi mirada con una peculiaridad burlona en su boca.

No le mires a los ojos, advierte una leve voz en mi cabeza. *Nunca mires a los vampiros a los ojos.*

Solamente con el contacto visual, un vampiro puede controlar. Por supuesto, cuanto más antiguo es el vampiro, más poder tiene y apuesto a que Frangelico puede controlarme con solo una palabra.

Dejo caer la mirada a su garganta. Su cuello es ancho y masculino, enmarcado por una camisa blanca. Después de clavarle la estaca a un vampiro, se le corta la cabeza y se queman los restos solo por seguridad. He practicado esto innumerables veces, primero con maniquíes, luego con vampiros reales, criminales que Xavier atrapó y trajo hasta mí para que ejecutara su sentencia de muerte. Estacarlos, decapitarlos y quemarlos era un rito de iniciación destinado a prepararme para este preciso momento.

Sin embargo, ahora que estoy aquí frente al mismísimo

Frangelico, todo lo que puedo pensar es que sería una pena acabar con alguien tan hermoso.

Me armo de valor recordando que este es el vampiro que asesinó a mi manada. Mató a toda mi familia. Por supuesto que le voy a matar. Al final, es él o yo.

Cuando un escalofrío se apodera de mí, tiemblo y me acurruco más profundamente en la chaqueta del traje que me han dado. Frangelico se da vuelta y le murmura algo a un guardia que luego se separa del grupo y se dirige al termostato en la pared.

Es entonces cuando me doy cuenta: Frangelico está en mangas de camisa. Llevo su chaqueta. Respiro su aroma. Hundo los dedos de mis pies descalzos en la alfombra.

—Su Majestad, nos sentimos muy honrados de que haya hecho una oferta hoy. —El anfitrión vampiro da un paso adelante—. Estamos encantados de que haya ganado. Y vaya lote tan perfecto para ofertar. Ella es realmente un premio.

Frangelico no le ahorra una mirada.

—¿Está listo mi coche? —le pregunta al jefe de guardia.

—Sí, señor.

—Puede hacer uso de esta habitación todo el tiempo que quiera —interviene el vampiro—. Es privada. Nadie viene aquí...

—Déjennos a solas —dice Frangelico.

El vampiro adulador y los guardaespaldas salen sin decir palabra.

El rey vampiro cruza la habitación y se sienta mientras sigo parada a medio camino entre él y la ventana, retorciendo los dedos. He sido entrenada para pelear. Pero esto... es algo diferente. Las reglas han cambiado. En el futuro inmediato, este vampiro será mi maestro, me dará órdenes y yo le obedeceré. No muy diferente de mi relación con mi mentor, excepto que... Xavier nunca me hizo sentir así. Mis entrañas están demasiado encendidas, mi piel demasiado fría.

Xavier me miró como un proyecto, como un arma para perfeccionar. Y soy letal. Mi belleza es mi mejor arma, pero esta noche se ha vuelto contra mí cuando el rey vampiro me mira como mujer con una mirada oscura que me desnuda hasta los huesos. Más allá de la desnudez, más allá de la vulnerabilidad. Me siento insignificante, expuesta, emocionante y salvajemente viva.

La belleza y el atractivo del rey vampiro son sus propias armas que despliega de maravillas. Cuando Frangelico levanta una ceja oscura, se me pone la piel de gallina y se me corta la respiración.

Ladea ligeramente la cabeza.

—¿Cariño? —Su dedo índice apunta al suelo.

Doy unos pasos hacia él y me arrodillo con las piernas separadas, las palmas hacia arriba sobre mis muslos. La chaqueta del traje se acumula a mi alrededor. Me muerdo el labio. ¿Debería haberme quitado la chaqueta?

Parpadeo mirando la alfombra.

—Este es un buen comienzo —Frangelico suena divertido—. Ahora acércate.

Dudo.

—Puedes levantarte. Cuando estés en mi casa, gatearás.

Agacho la cabeza. Me pongo de pie y voy a parar al lugar donde ha señalado. Mantengo la cabeza baja, resisto el impulso de moverme o transformarme en mi animal.

Frangelico tiene la voz grave, un barítono vibrante que me calma los nervios crispados.

—¿Cómo te llamas?

—Selene. —Mi voz suena baja.

—Selene —repite lentamente, saboreando cada sílaba. Si le resulta extraño que no tenga apellido, no lo menciona.

Reprimo un escalofrío.

—Nombre encantador para una mascota encantadora. Puedes llamarme *señor*.

Mi boca se abre pero no sale ningún sonido.

—Me dijeron que fuiste entrenada.

No es una pregunta, pero respondo de todos modos.

—Sí, señor.

—¿Sabes eso? —Él señala con dos dedos, en forma de V, el suelo.

En respuesta, separo las piernas y prosigue:

—Casi. —La diversión tiñe su voz—. Barbilla y pecho hacia arriba. Pon las manos detrás de tu cabeza.

Obedezco y la chaqueta se abre. Mis pezones le apuntan directamente.

—¿Tienes frío, cariño?

Me lamo los labios antes de responder.

—Un poco. —Mi voz es aguda, entrecortada.

Con la cara pensativa, se arremanga, exponiendo fuertes antebrazos con vello oscuro. Se me seca la boca. Me hace un gesto para que gire en círculo. Giro, insegura de cuánto puede ver mientras llevo la chaqueta.

—¿Esta es tu primera vez en una subasta?

—Sí, señor. —Parpadeo mirando un punto por encima de su cabeza.

—Puedes mirarme.

Obedezco sin pensar. Sus ojos son un abismo de oscuridad; donde caigo y me ahogo.

—Qué loba tan hermosa —canturrea—. Tendré que hacer que te transformes para mí. Pronto. ¿De qué color es tu animal?

Respiro hondo.

—Blanco.

—¿Nerviosa?

—Sí, señor.

—No es necesario —murmura—. No muerdo. —Incluso mientras lo dice, sus colmillos brillan—. No muerdo mucho.

Se me cierra el estómago, lucho por tragar saliva.

Juntando las yemas de sus largos dedos, Frangelico ladea la cabeza hacia la izquierda.

—¿No te han tocado?

Niego con la la cabeza.

—No, señor.

Algo brilla en su rostro.

—¿No han probado tu sangre? ¿Ni siquiera una vez?

Con la garganta demasiado seca para responderle, niego con la cabeza.

Él se pone de pie. Me balanceo hacia atrás, incapaz de evitar apartarme. Es enorme, bastante más alto que yo, tiene los hombros anchos como los de Xavier. Si tiene miles de años, debe de haber sido considerado un gigante cuando era humano. Él me mira y soy Alicia en el País de las Maravillas, encogida. Soy un juguete, una muñeca. Solo puedo esperar que no me rompa.

Veo un destello blanco y me estremezco.

—Tranquila, cariño. —Me muestra el pañuelo blanco, divertido de nuevo. Es fácil pensar que el miedo de los demás es gracioso cuando eres la persona más poderosa de la sala. Me aferro a mi resentimiento mientras gentilmente me quita el labial.

—Listo —murmura—. Así es mejor. —Para cuando termina, el paño de lino está rayado de rojo. Su aroma me envuelve y me inclino más cerca, absorviéndolo. Su colonia debe de estar especialmente formulada para intoxicar a una víctima, pues nunca me he sentido tan atraída por un vampiro. O cualquier hombre, para el caso.

—Quédate quieta —ordena y se mueve a mi alrededor. Debería odiar la forma en que me da órdenes como a un perro, pero estoy acostumbrada. La mayoría de los vampiros tratan a los metamorfos como animales tontos.

Mientras el rey vampiro se mueve a mi alrededor, siento punzadas en la columna vertebral y la voz de pánico en mi cabeza me advierte de un depredador detrás de mí. Tengo que cerrar los ojos para quedarme quieta. Esto es lo que Lucius compró y pagó: el derecho a tocarme a voluntad.

No obstante, largos momentos transcurren y no me toca hasta que finalmente, me da un suave tirón en la cabeza y un mechón de cabello cae. Me quita las horquillas del pelo, una por una, y la trenza se deshace aliviando el peso en mi cabeza. Suspiro. El cabello cae en cascada por mi espalda, casi hasta mi trasero. Rara vez me lo corto.

La mano de Lucius rebusca entre la espesa mata de pelo. A pesar de todo, la tensión en mi cuello se alivia con su contacto cuando me acaricia. No... No me desagrada.

—Muy bien, cariño —murmura. Levanto la cabeza. ¿Cuánto tiempo llevo aquí de pie, dejándole acariciar mi cabello? Los hormigueos se han extendido por mi cuerpo, anticipando esas manos fuertes y gentiles tocando otras partes de mí.

Me pone una mano en la nuca y permanezco quieta. Mi pulso martilla bajo su pulgar.

—Lo estás haciendo bien, cielo. Alguien te ha entrenado. Lo que quiero saber es... ¿Quién?

Se me corta la respiración. Xavier y yo inventamos una historia para esto no muy lejos de la verdad, no lo suficiente como para que alguien pueda decir que estoy mintiendo.

—Los vampiros que me sacaron de mi manada. Me enseñaron a ser una sangre dulce.

—Interesante. —Sus dedos reafirman su agarre—. ¿Por qué terminaste en la subasta?

Trago saliva.

—Por el bien de mi manada. —Para vengarlos, me recuerdo.

—¿Permitiste que tu manada te vendiera? —Su voz comunica incredulidad.

—Fui voluntariamente, sí. Tenía dieciséis años.

—¿Has estado entrenando todo este tiempo?

—No para ser una sangre dulce. No hasta que cumplí dieciocho años.   —Tengo ganas de girarme y enfrentarle—. Antes de eso, me permitieron terminar la escuela. Fui educada en casa.

—Dieciséis años —musita Frangelico.— ¿Y tu manada te dejó ir?

—Estaba en cuidado adoptivo. Mi familia directa había muerto. —Mi voz es neutra.

Frangelico deja caer la mano y se aleja para volver a su asiento. Cuandol hace señas, le obedezco y caigo de rodillas junto a su silla.

—Mi gente está en este momento interrogando a todos los involucrados en esta subasta. Verificarán lo que dices. No es que no te crea, pero... —agita una mano—. He sido blanco de más intentos de asesinato de los que puedo contar.

Se me enfría la sangre. ¿Sospecha de mí?

—No necesitas temer, cariño. Si todo sale bien, ningún daño te incluirá a ti ni a tu especie.

Le miro fijamente. Sé que Xavier es lo suficientemente inteligente como para cubrir sus rastros pero no había imaginado que Frangelico sería tan paranoico desde el principio.

No debería sorprenderme. Hay una razón por la que todavía está vivo después de cientos, tal vez miles de años.

Una cosa es saberlo racionalmente; otra es mirar a los ojos a un oponente que es más fuerte, más rápido, mayor y más conocedor que tú, y hacer tu próximo movimiento.

El momento, me dijo Xavier, *el momento será cuando baje la guardia. Eso es todo lo que necesitas. Solo unos segundos y una estaca.* Si puedo dar el golpe mortal, Xavier encontrará una manera de asegurarse de que la organización del rey vampiro sea desmantelada, que el mal se termine para siempre. Xavier me lo prometió. Solo tengo que hacer mi parte, ganarme la confianza de Frangelico el tiempo suficiente para que me dé esa oportunidad. Lo que suceda después no es mi preocupación. Nunca esperé salir viva de esta misión.

Mientras tanto, Lucius juega con un mechón de mi cabello, frotando las sedosas hebras entre sus dedos. Respiro hondo. Debería jugar a ser la sumisa pasiva y mansa, pero no puedo esperar más.

—Señor... puedo preguntar... ¿Qué va a hacer conmigo?

Me sonríe y me estremezco en respuesta, un diapasón para tocar una nota perfecta, solo para él.

—¿Por qué, cariño, estoy tan contento de que hayas preguntado? —Por primera vez, me pone una mano en la mejilla, toca mi piel. El corazón me salta a la garganta mientras sus ojos oscuros penetran en mí.

—Primero te voy a llevar a casa. Entonces, te voy a hacer mía.

Trago saliva con dificultad. Su pulgar juega en mis labios.

—Ahora... —Se sienta y me hace una seña. Me toma un momento reconocer la señal. Retrocedo y me pongo a cuatro patas.

—Date la vuelta —murmura y vuelve a hacerme señas. Lentamente, obedezco, arrastrándome para alejarme de él y bajar mi pecho a la alfombra. Apoyo la cabeza en los brazos. Mi cabello se enreda a mi alrededor como una cortina blanca detrás de la cual puedo esconderme. La chaqueta del traje se desliza por mi espalda, exponiendo mi trasero levantado.

Su zapato me roza el interior de la rodilla derecha para que separe las piernas.

—Más abiertas, cariño.

Todo mi trasero está desnudo y vulnerable, apuntando directamente hacia él. Nunca me he sentido más como una esclava. Suspiro, espero.

Su mano recorre la parte posterior de mi muslo sin llegar a tocarme, pero puedo sentirlo allí. Se me eriza la piel a su paso.

Respira, solo respira.

—Arquea la espalda. Más. Eso es. —Todo mi trasero se inclina hacia el cielo. Soy un maniquí, una muñeca de porcelana, congelada en su lugar, perfectamente en exhibición.

—Hermosa. —El aliento caliente golpea mis entrañas. Mi aliento abandona mi cuerpo—. Tan hermosa. Estás mojada, Selene.

Y lo estoy. Aprieto los labios.

—Échate hacia atrás y mantén tu trasero abierto —ordena, tranquilo y casual como si comentara el clima—. Quiero ver todo lo que tengo.

Con los ojos cerrados, libero mis brazos. Mejilla contra la alfombra, pongo las manos en las nalgas y me expongo más.

Un ligero roce entre los labios de mis genitales me sobresalta.

—Tranquila —murmura, acariciando suavemente la húmeda hendidura. Rodea el clítoris y me empujo ligeramente hacia su contacto. El placer se acrecienta en espiral. Cuando retira la mano, la sensación se disipa.

—No, cariño. Tienes que ganártelo.

Su dedo toca mi culo, transfiriendo la humedad acumulada. Gimo mientras presiona el tenso anillo de músculo.

Se ríe y retira la mano.

Se incorpora. Oigo un crujido de tela. Me lo imagino limpiándose la mano con el pañuelo de mano.

Me quedo en mi lugar. Bien podría ser una estatua tallada en mármol que encargó. Debajo de la chaqueta, siento la piel fría.

—Puedes levantarte.

Me arrodillo y él extiende su mano, ayudándome a ponerme de pie.

—Lo hiciste bien. Estoy deseando entrenarte más.

Los músculos de mi núcleo se contraen, mojados. No hay ninguna razón por la que deba responder a él de esta manera.

Alguien llama a la puerta y Frangelico se aleja de mí. Estoy sonrojada, temblando. *Respira, solo respira.* Es un vampiro. No hay nada en él que me haga sentir de esta manera.

—Es hora de irse, cariño. —Frangelico vuelve a mí. Saca una correa y la sujeta a mi cuello. Los ojos oscuros le brillan. Contengo la respiración mientras nos miramos el uno al otro. No puedo atreverme a apartar la mirada.

La comisura de su boca se curva.

Se endereza y tira.

—Sígueme.

Bajamos las escaleras en dirección a la puerta trasera. Guardias con trajes oscuros y gafas de sol se alinean en el camino, una mezcla de mortales y vampiros. Se me calientan las mejillas mientras desfilo frente ellos como una esclava descalza y subyugada. Una mascota con correa.

Al llegar a la puerta, Frangelico se detiene. Un guardia le entrega algo que no veo hasta que se da vuelta y me envuelve en sus suaves pliegues. Una manta.

Mi corazón se derrite un poco mientras lo hace. El rey vampiro me envuelve fuerte y me alza para llevarme del teatro al coche.

* * *

Lucius

Me acomodo en el asiento con la loba en brazos que parece un poco aturdida. Cuando un guardia cierra la puerta, le da un ligero sobresalto y la aprieto.

—¿Qué pasa, cariño?

—¿No debería arrodillarme en el suelo?

—No. Quiero abrazarte. —La inclino hacia atrás para que su cabeza descanse sobre mi brazo—. Relájate, cielo. Duerme si puedes.

—Sí, señor. —Cuando está tranquila, su voz es tenue, relajante, como un agradable tono de contralto. Cuando no lo está, se vuelve aguda, jadeante. Ambos tonos producen una magia negra en mí; pues quiero mimarla, tratarla como una flor frágil. También quiero presionarla y ponerla a prueba hasta que esté feliz y me mire como su dios. Quiero hacerlo una y otra vez.

Debajo de mi nueva mascota, mi polla amenaza con estallar en los pantalones, por lo que entiendo que va a ser un largo viaje en coche.

Reviso mi teléfono mientras avanzamos en la noche. Mi financista recibió la confirmación para transferir los fondos por la transacción. *Qué mascota tan cara.*

La loba se pone rígida. Lo he dicho en voz alta.

—No te preocupes. —Acaricio uno de sus mechones de seda—. Tú lo vales.

Entre caricias, llamo a Dante para ordenarle que planee la gran fiesta que daré dentro de un mes para celebrar mi nueva adquisición. Dante se entusiasma y promete convertirla en una noche que recordaré. Sonrío ante ese doble significado y cuelgo.

Eso está hecho entonces. Tengo un mes para prepararme para esa noche en que todos mis engendros van a estar presentes. Si desean organizar un atentado, esa sería la noche para hacerlo, pero estaré preparado. Siempre estoy preparado. César era un soldado y confiaba en sus hombres, pero yo soy un príncipe de la calaña de Maquiavelo, pues es mejor ser temido que amado. Cuando me enfrento a mis enemigos, no solo los hiero. Destruyo y quemo sus tierras.

—¿Señor? —La voz mansa de Selene me saca de mis pensamientos—. ¿Por qué lo hiciste?

—¿Hacer qué? —Debería saber que no debe hablar primero, pero se lo permitiré. Disfrutaré corrigiendo sus malos hábitos.

—Ofertar por mí. —Se muerde el labio y apoyo dos dedos en su boca para que se calle.

—Me recuerdas a alguien. Una vampira. Tienes el mismo color de cabello. —Quito los dedos y los seco sobre la manta—. La amé una vez.

Un surco aparece entre sus cejas y lo aliso.

—Oh, sí, puedo amar.

—¿Qué pasó?

—Me traicionó —respondo—. Ahora, cállate hasta que te diga que puedes hablar.

En sus ojos brilla la rebeldía. Ahí está mi menuda luchadora.

Suspira contra mi pecho, tiene el labio inferior fruncido mientras mira por la ventana.

—Ya, vale, no te enfades. Guarda fuerzas para el resto de la noche. Te prometo que las necesitarás.

Un temblor la recorre.

—Cierra los ojos —ordeno y ella los cierra, pero cada tanto los entreabre ante el paisaje. Un poco de rebelión que disfrutaré corregir..

No la follaré. No de inmediato. Primero la pondré a prueba hasta que cada movimiento, cada gesto y batida de pestañas me agraden. Algunos vampiros simplemente borrarían la memoria de sus víctimas e imprimirían su voluntad en sus mentes, pero no me rebajo a esos trucos. Hasta mis engendros, una vez privados de mi sangre, pueden elegir amarme. Mi relación con esta loba no será diferente. Ella me respetará y me temerá, pero le enseñaré lo agradable que es la obediencia. La ataré a mí usando todos los trucos y técnicas que conozco, y al final, le daré una opción: irse o quedarse. Si decide quedarse, puede ser sangre dulce en mi club. Nunca la volveré a follar ni a beber la sangre de ella otra vez. No puedo arriesgarme al apego.

Amar es perder.

Capítulo Tres

S*elene*

El rey vampiro vive en una mansión en lo alto de una colina cuya elevación me sorprende porque parece un pedestal en las estribaciones de Tucson.

—¿Te gusta, cariño? —Los dedos de Lucius me masajean el cuello. Asiento, recordando su restricción de habla.

Él se ríe.

—Buena chica.

No me deberían gustar tanto esas palabras como me gustan. La presencia de Lucius me afecta más de lo que debería.

Lucius es el enemigo, me recuerdo a mí misma, mientras me levanta y me lleva a su casa. Dos hombres con gafas oscuras y auriculares discretos nos abren las puertas dobles.

Lucius se para en el umbral y luego atraviesa a grandes zancadas la casa lujosamente decorada. Me inquieto un poco en sus brazos, queriendo explorar por mi cuenta. Mi loba no se siente segura en lugares extraños.

Frangelico está decidido a cargarme.

—¿Quieres que te baje, cariño? —murmura divertido. Yo

agacho la cabeza y él se ríe—. ¿Estás tan ansiosa por gatear para mí? —me susurra al oído.

Me sonrojo al recordar lo que me dijo. *Cuando estés en mi casa, gatearás.*

Su risa retumba en su amplio pecho, reverberando a través de mí. No soy particularmente menuda o delicada, pero Lucius está muy por encima de mi categoría de peso. Y se supone que debo someterme a él.

Así que me relajo dejando que me lleve por las recámaras de techos altos a un dormitorio con una cama king con dosel y un cuarto de baño grande como una casa. Me quedo boquiabierta ante el lujo mientras me coloca en una saliente de azulejos junto a una bañera de hidromasaje y se agacha para abrir el agua.

—¿Un baño? —murmuro, sorprendida al ver al rey vampiro de rodillas, comprobando la temperatura del agua.

—Mascota traviesa, te dije que no hablaras.

Agacho la cabeza, esperando un golpe o algún tipo de castigo, pero simplemente me desenvuelve de la manta y me baja al agua tibia. La temperatura es perfecta, no puedo evitar relajarme y dejar que el agua lave esta sórdida noche.

Lucius me pasa un dedo por el hombro, haciendo una pausa para examinar los moratones en mi brazo.

—¿Peleaste con tus adiestradores antes de la subasta?

—No —murmuro—. Pero no fueron gentiles.

Un sonido oscuro retumba en la garganta de Lucius. Desenvuelve una nueva pastilla de jabón, pero cuando la alcanzo, la retiene.

—Déjame.

Así que me recuesto, permitiendo que el rey de los vampiros me dé un baño. Frota cada parte de mí con un paño suave incluyendo cada dedo. Me pone de espaldas y pasa largos minutos lavándome el cabello con champú.

Cada enjuague borra más los intensos acontecimientos de la noche. Selene la luchadora se convierte en Selene la mimada.

Han pasado años desde que Xavier fue a la casa de mi madre adoptiva y me explicó por qué era huérfana, por qué no tenía manada. Me explicó que el asesino todavía andaba libre e impune y me ofreció la oportunidad de la venganza. Así fue como dejé a mi madre adoptiva y quedé a su cuidado en aquellos barracones, viviendo como un soldado, donde el dolor y la necesidad eran las herramientas para fortalecerme. Pasé los años entre dieciséis y veintiún años, esos años hormonales, formativos, aprendiendo a luchar por mi vida todos los días, durmiendo sola por la noche. Sola e intacta. Ni siquiera la caricia de una madre. Ni siquiera una palmadita en la espalda.

No sabía cuánto lo necesitaba, cuánto mi piel extrañaba el contacto humano, incluso de alguien que no es humano, hasta ahora. Hasta que Lucius Frangelico se arremanga y me toca. Hasta que veo a este poderoso gobernante arrodillado por mí, sirviéndome.

No, no me está sirviendo, se está complaciendo a sí mismo. Hace valer sus derechos. Sus manos se mueven sobre mi cuerpo, manejándome como si fuese una fruta madura. Como una reliquia que ha sido escondida bajo capas de mugre y descubierta por un ojo perspicaz, luego comprada para ser exhibida. *Me perteneces*, dicen sus dedos. *Ahora eres mi posesión.*

A mi cuerpo no le importa. Solo quiere más de sus caricias porque cada centímetro de mi cuerpo se despierta bajo sus grandes manos. Mis senos se hinchan, los pezones se tensan cuando debería estar planeando mi estrategia, reuniendo recursos para una lucha larga y arriesgada. En cambio, vibro con una energía nerviosa, expectante. ¿Qué hará a continuación? ¿Dónde me tocará? ¿Qué tan bien se sentirá? En solo unos minutos, me ha transformado de un espía en su casa a una mujer.

Cuando sus manos se cuelan entre mis piernas, las cierro, y solo espera hasta que me relaje de nuevo para deslizar sus grandes dedos por el interior de mi muslo. La sensación me recorre. Separo los labios e inspiro mientras frota el jabón en el vello recortado que me cubre el pubis.

—Levántate —ordena, luego me indica la posición sumisa que tomé antes, con las piernas abiertas y el pecho en alto, con las manos detrás de la cabeza—. Los ojos no.

Obedezco, pero observo por el rabillo del ojo que su camisa cae al suelo cuando se desnuda. No puedo evitar echarle un vistazo a la extensión de la musculatura morena. Es fuerte y está perfectamente formado, hombros anchos y vientre marcado, espolvoreado con vello oscuro. Un rastro de vello desaparece dentro de sus pantalones.

—Mascota traviesa. —Me levanta la barbilla. Sostengo su mirada hasta que una suave franja de tela se asienta sobre mis ojos. Me venda los ojos con la corbata—. Si no puedes obedecer, pierdes privilegios —murmura con una voz que me debilita las piernas. Me levanta y me posiciona de nuevo en la saliente—. Ahora separa tus piernas —ordena. Tiemblo durante unos segundos antes de obedecer—. Quédate quieta.

Me pongo rígida mientras me enjabona la zona entre las piernas y me depila. Mis abdominales se tensan con temblores de pánico en cada pasada de la rasuradora, pero mi coño palpita salvajemente.

—Perfecto. —Lucius pasa un pulgar por los labios tersos. Un chorro de agua recorre mis partes sensibles cuando me enjuaga bien. Mis caderas se inclinan, buscando más estimulación.

Su risa oscura llena el cuarto de baño.

Todavía con los ojos vendados, me enjuaga, me seca y me envuelve en un mullido albornoz. Alcanzo la venda de los ojos y recibo un ligero pellizco en el pezón como castigo. Me hace esperar unos minutos antes de quitarme la corbata de los ojos. Parpadeo viendo que se ha puesto una bata, atada holgadamente sobre su amplio pecho y los pantalones negros. Está descalzo, pero no parece menos intimidante.

—¿Hambrienta, cariño? —pregunta, y me levanta en sus fuertes brazos antes de que pueda responder. Aparentemente me va a cargar a todas partes esta noche. Me gusta demasiado. Prefiero que me arroje a una mazmorra, me encadene y me tenga a pan y agua. Acorde al entrenamiento de Xavier, esperaba llegar a la guarida del enemigo golpeada, subyugada y castigada. Nunca esperé que me mimara. No tengo ninguna defensa ante la amabilidad.

Mi cuerpo está vivo, cantando, mientras me lleva a la cocina y me sienta a la mesa.

Pone un plato frente a mí. Comida sencilla. Pan, queso, unas lonjas de jamón serrano y aceitunas. Un aperitivo.

Hace un gesto hacia el plato con un salami en mano.

—Come, lobita.

Tomo algunos bocados, observándole mientras desenvuelve el salami y le da un mordisco.

Se me cae la aceituna destinada a mi boca.

—¿Qué pasa, Selene?

—Estás comiendo —señalo tontamente.

—Puedo comer y beber como tú. —Mira fijamente mi plato hasta que recupero la aceituna caída y me la meto en la boca—. Simplemente no lo necesito.

—Pero pensé... —Me ruborizo.

—¿Pensaste que serías mi cena?

Miro fijamente mi plato, ya no tengo hambre.

—Lo haré algún día. Cuando estás entrenada. Rogarás por ello.

—¿Qué? No —espeto antes de que pueda contenerme.

—¿Crees que puedes resistirte? —Coje una servilleta y se limpia las grandes manos, sonriendo. Aun sentado, es una cabeza más alto que yo. Me siento como una niña a la mesa de un gigante. Podría obligarme a hacer lo que quisiera. ¿De verdad creí que mi entrenamiento me haría su igual?

—Habla, cariño. Dime lo que temes.

—¿Vas a borrarme la memoria? —Le pregunto lo que me ha estado molestando. Xavier me dijo que Frangelico no se rebajaría a tales medidas, pero son posible. Podría hacerme olvidar todo. Reemplazar mis recuerdos con cualquier mentira que quisiera.

—No quiero una marioneta sin criterio. Si la quisiera, no habría ofertado por ti.

La promesa de un vampiro no vale nada, pero se puede apostar por su orgullo. Le creo a Frangelico. Quiere una mascota que voluntariamente se rinda ante él. Me entrenará de la manera que quiera, me presentará a sus súbditos vampiros en la fiesta que planea.

—Diez millones de dólares —le digo—. ¿Qué te hace pensar que valgo la pena?

Tira la servilleta sobre su plato.

—Ya he conseguido el valor de mi dinero. Eres una luchadora. No estás dispuesta a dejarte intimidar. Finges la sumisión cuando te conviene.

Me quedo quieta, intentando no temblar. Frangelico se ha metido en mi cabeza. No, solo es un *observador* que lleva dos mil años estudiando el comportamiento humano. ¿Pensé que le engañaría tan fácilmente?

La pregunta es: ¿cuánto tiempo tengo antes de que

descubra la razón por la que estoy aquí? Y cuando lo haga, ¿cuánto tiempo sobreviviré?

Mi corazón palpita en mi pecho, como un pájaro en una trampa que lucha por liberarse. El rey vampiro parece saber cómo me afecta. Peor aún, lo disfruta.

Se inclina hacia adelante.

—Pero te diré algo, cariño, algo que ni siquiera te admitirás a ti misma. En el fondo, quieres someterte. Luchas contra eso, ante todo.

Una descarga de adrenalina casi me hace saltar de mi asiento. Golpeo la mesa con el puño, fulminando a Lucius con la mirada.

—No. Te equivocas.

* * *

Lucius

Tengo toda la razón.

Ah, delicioso. Tanta lucha. Selene no se parece en nada a Georgianna, que era realmente mansa, dispuesta a complacer. Selene es un céfiro refrescante en un desierto. Disfruto tanto irritarla como poniéndola en su lugar.

Inclino la cabeza hacia un lado.

—¿Quieres apostar?

—¿Qué?

—Juguemos un juego, mascota. Haré todo lo que pueda para obtener tu sumisión. Lucharás contra mí. Una hora. —Levanto un dedo—. Depende de ti resistir, y de mí convencerte de que te sometas.

—Podrías hacerme daño hasta que me rompas —señala.

—Podría. Pero no lo haré. Esta noche no te haré mucho daño...

—Eso no es muy tranquilizador.

—La vida rara vez nos da garantía. Pero te daré una: experimentarás tanto placer como dolor. Quizás más. —Hago una pausa y dejo que mi voz se profundice—. Mucho más.

Ella pasa un dedo alrededor del borde de su plato, pensativa.

—¿Qué dices, cariño? Mi habilidad contra tu voluntad.

—¿Cómo sabemos quién gana?

—Te dejaré decidir. Solo tú puedes saber si realmente te has rendido.

Su ceño se frunce.

—Podrías obligarme.

—Eso es hacer trampa. —Ella me mira y yo reprimo una risa—. ¿Qué tal esto? Juro sobre mi tumba que no te obligaré. Nunca.

—¿Nunca?

—Cumplo mis promesas, mascota. Ahora no tienes motivos para dudar.

Pero vacila, tan tensa que le recuerdo que debe respirar.

—Es solo un jueguito inofensivo —la tranquilizo—. Tengo tan poco entretenimiento estos días. Podrías probar, de una vez por todas, que tienes la voluntad de detenerme. O podría probar que, en el fondo, quieres que tome el control. Una hora. Una noche.

Un pequeño temblor la recorre. Muy bien. Conoce los riesgos de jugar con un vampiro. Aún así, tiene curiosidad. Lo huelo en su aroma.

—¿Qué me darás si gano?

—Lo que quieras.

Sus cejas se disparan.

—¿Y si quiero irme?

—¿Quieres irte? ¿A dónde irías? Otro vampiro podría atraparte, especialmente después de ese espectáculo en el escenario. Nos vigilan, a ti y a mí, incluso ahora. Si sales de aquí, te doblegarán a su voluntad, aunque solo sea para demostrar que pueden intimidarte mejor que yo.

El miedo estalla en su aroma y termino:

—Estás más segura aquí conmigo, el rey de los vampiros, que con cualquier otra persona.

Selene suspira. Sabe que tengo razón.

—¿Hay algo más que desees? —pregunto.

—Gatear. No quiero gatear. —Su boca se tuerce en una línea sombría—Dijiste que tendría que gatear cuando estemos en casa.

—Muy bien, mascota. Si ganas, solo te arrastrarás si lo deseas.

Su barbilla se sacude.

—Nunca lo desearé.

Solo sonrío.

* * *

Selene

El rey vampiro sonríe y se me derriten hasta los huesos. Me preparo para un ataque que nunca llega. Solo hay estos juegos sutiles que me mantienen adivinando.

—¿Has terminado? —Señala mi plato. Asiento y viene a ayudarme a levantarme de mi silla. *Depredador,* mi cuerpo grita cuando se pone detrás de mí. Me levanto a medias antes de que retire la silla. Me ofrece su mano y dudo. Su mirada se vuelve burlona. No tengo miedo de tomar su mano, ¿verdad?

Por supuesto que sí. Pero no dejaré que algo tan insignificante como el miedo me detenga. Lucius propuso este juego y voy a ganar. En el peor de los casos, aprenderé más sobre él. En el mejor de los casos, demostraré que nunca será mi maestro.

Me lleva a una larga habitación que termina en puertas francesas con vistas a un patio oscuro. Sillas, mesas de centro y sofás, un magnífoco bar, cuadros en las pareesd: todo es puro lujo y opulencia, pero de buen gusto. Entre dos ventanas hay una larga extensión de pared cubierta por un tapiz. Lucius me coloca frente a él y aparta la tela a un lado, exponiendo dos grandes barras de madera dispuestas en forma de cruz.

—¿Conoces la cruz de San Andrés? —Lucius se inclina para abrir un cofre de aspecto antiguo—. El santo fue crucificado en una cruz en diagonal. Al revés, por su petición. No te preocupes, cariño. No vamos a recrear esa escena en particular.

Tiemblo pero me quedo donde me puso. Se quita la bata y revela su pecho de nuevo antes de acercarse a mí. Espero que me desnude bruscamente, pero solo recoge mi cabello hacia atrás. Juguetea con él por un momento. ¿Qué hace? No estará ... No, no es posible.

Lucius Frangelico, el rey vampiro, me está trenzando el cabello. Cuando termina, da un paso atrás y me mira de arriba abajo. Debe de gustarle lo que ve, porque se aparta con la orden:

—Desnúdate y párate frente a la cruz, mirando hacia afuera.

El juego ha comenzado, y es una follada mental. Se supone que debo participar voluntariamente en mi subyugación.

Esto no significa que me someta a él, me digo a mí misma

46

mientras deshago el lazo del albornoz y lo dejo caer. Si me pone en la cruz, sé lo que sucederá. Usará un implemento conmigo, un dispositivo de tortura medieval que guarda en el baúl junto a la ventana, y me dolerá.

Pero puedo soportar el dolor.

Después de los suaves caricias que me han confundido, le daré la bienvenida. Necesito recordar que debo odiar a Lucius Frangelico.

No puedo reprimir un temblor cuando regresa a mi lado, toma mis muñecas y las asegura por encima de mi cabeza con esposas unidas a la cruz, luego se arrodilla para atarme los pies separados. Su cabello oscuro me roza el muslo y mi corazón casi late fuera de mi pecho.

—Respira, Selene —murmura—. No olvides respirar.

Obedezco, tomando grandes bocandas de aire. Esto va a doler, pero estoy lista. Xavier se aseguró de que pudiera soportar la incomodidad y el dolor, todo tipo de dolor. Permanecí despierta largas noches, con el cuerpo dolorido, preguntándome qué torturas podría elegir Lucius para inflingirme. Puedo soportar cualquier cosa cuando me concentro en la muerte de Lucius. Cierro los ojos imaginando el golpe mortal.

—¿Cómoda? —Me saca de mi concentración. Me hace mover los dedos de las manos y los pies, comprobando que los lazos no estén demasiado apretados. Quiero mirarle. ¿Cuál es su juego? Si ata a una mujer para causarle dolor, ¿qué importa si tiene buena circulación sanguínea? La mantiene viva por más tiempo, supongo. No esperaría que a un vampiro le importara.

—Algunas reglas. —Se mueve fuera de mi campor de visión—. Estoy a cargo de la escena, pero puedes detenerla en cualquier momento. Solo di: *Detente*. Si te amordazo o no puedes hablar, chasquear los dedos significa lo mismo. Asiente si entiendes.

Balanceo la cabeza, pero todavía no le entiendo. No se detendrá si no quiere. ¿Lo haría?

Lucius toma su lugar frente a mí.

—Esto es un látigo. —Me muestra su implemneto elegido. Tiras negras cuelgan de un mango de caoba lisa. Desliza el látigo de arriba abajo por mi cuerpo y me estremezco.

—No hay necesidad de temer. Puedo hacer que se sienta bien. —Mueve su muñeca y azota ligeramente mi pecho. Las tiras caen como una lluvia ligera.

—¿Eso duele?

Sacudo la cabeza hacia la izquierda.

—Respóndeme. Puedes hablar en voz alta. ¿Esto duele? —Repite el movimiento.

—No.

Él levanta una ceja.

—Quiero decir, no, señor.

—Bien. ¿Qué tal esto?

Balancea su brazo, azotándome en un movimiento cruzado, entrecortado. Las tiras azotan mi piel con un golpe sordo, más fuerte. Registro el impacto, pero de nuevo, está a kilómetros de distancia del dolor.

—No —suspiro.

—Eso es, cariño. Solo disfrútalo. Piense en ello como un masaje. Una sensación.

Suelto un suspiro, relajo los hombros y se alejan de mis oídos.

—Eso es. Relájate. —La voz de Lucius se profundiza. Está ciento por ciento concentrado en mí, en movimientos lentos y controlados. El látigo es una extensión de su gran cuerpo. Me azota el pecho hasta que los senos se ponen rosados. El látigo baila por mi cuerpo, chasqueándome las caderas y los muslos, acercándose a mi coño. Balanceo mi peso de izquierda a derecha en respuesta sutil a cada impacto. El calor baila surcando mi cuerpo, arrullándome, adormeciéndome.

—Hagamos esto un poco más interesante —dice Lucius. Desaparece y regresa con un cofre de madera. Levanto el cuello pero no puedo ver más allá de la tapa abierta hasta que retira lo que quiere, guarda el cofre y me muestra dos pequeñas pinzas de goma y metal.

—Oh —sacudo la cabeza y él hace un ademán de espera. No le digo *detente*, pero le miro fijamente mientras me coloca las pinzas a los pezones. Siento un ligero pellizco, pero mi coño late con simpatía. Mis pechos se hinchan como si estuvieran contentos por la atención.

—Ahora. —Lucius sacude el látigo para azotarme las piernas, calentándolas, pintándolas de rosa. Unos pocos chasquidos dejan líneas rojas en mis muslos, pero el esperable dolor no aflora. Con los pezones palpitantes, recibo con impaciencia el áspero beso del látigo.

—¿Te gusta?

Respiro con dificultad con la excitación en aumento. Lucius se inclina sobre mí, cubriéndome con su poderoso cuerpo, y mi corazón da un vuelco al pensar en que me toque. Levanto la cara para aceptar un beso, pero él empuja el látigo entre mis piernas y lo frota allí.

—¿Qué tal esto? ¿Te gusta? —Antes de que pueda responder negativamente, sostiene el látigo delante de mi cara—. No me mientas.

Puedo ver tan bien como él: las tiras están mojadas.

—Eso no significa nada —gruño.

—Por supuesto que no. Tu cuerpo es hermoso, es una reacción natural. Solo déjate llevar, Selene.

Gruño para mí misma. Él solo está a cargo si lo permito.

Como si leyera mis pensamientos, da un paso adelante y suelta ambas pinzas del pezón al mismo tiempo. El dolor se dispara a través de mí y detona en mi coño. Me retuerzo en mis ataduras.

—Mmmm —murmura, sonando complacido. Pongo rígidas las piernas para enderezarme. Un poco de dolor no me va a vencer.

Una sonrisa se dibuja en sus labios como si captara mi mensaje tácito y pensara que es lindo. Me estudia cuidadosamente, revisándome.

—¿Estás lista para darte la vuelta? Trabajaré tu espalda —advierte.

Levanto la barbilla.

—Hazlo más fuerte.

Sonriendo, me desata y me da la vuelta.

—De aquí en adelante, tomo las decisiones. —Me estabiliza, moviendo mis brazos y piernas donde quiere. Una vez más, comprueba los dedos de las manos y los pies, asegurándose de que tenga buena circulación, luego me mete la trenza sobre un hombro.

—Tienes un culo precioso —me dice, pasando su mano por mi espalda y flanco, deteniéndose para agarrar un puñado de carne—. Tan apretado, regordete y delicioso. No puedo esperar para follarlo. —Con esa pequeña promesa que amenaza la estabilidad de mis piernas, da un paso atrás y me azota en la espalda con el látigo.

Presiono la frente contra la madera, me relajo con el ritmo de los azotes. Izquierda, derecha. Izquierda derecha. La sangre bombea, la respiración fluye dentro y fuera de mí. El calor se acumula en mi espalda y el culo. Lucius pasa un tiempo particular azotándome las nalgas hasta que sean caliente al tacto. Todavía no hay dolor.

—Me pregunto —murmura, chasqueando su implemento para que los extremos den entre mis omóplatos. Una picadura aguda que se desvanece casi tan rápido como llegó. El calor inunda mi núcleo.

—No —le dije, en respuesta a mi excitación en el edificio.

—¿No? —pregunta Lucius—. ¿Quieres decir *detente*?

Mi palabra de seguridad. Me está poniendo a prueba.

Sacudo la cabeza.

—Continúa.

Hace un gesto de desaprobación.

—¿Estás a cargo?

—No, señor. —Intento sonar sumisa.

El gruñido que sale de su garganta provoca que mi loba tiemble con arraigada sumisión, pero vuelve a la flagelación.

Agarro las ataduras que me atan las muñecas. Lucius se suelta de su correa autoimpuesta, azotándome cada vez con mayor y mayor fervor hasta que me pongo de puntillas. No estoy segura de si intento alejarme del latigazo o más piel para atacar. Mi cuerpo es una silueta larga y maleable asegurada a la cruz, el rubor que lo surca es como una rosa que viene a florecer. Cierro los ojos al inclinar la cabeza, todavía agarrando las ataduras con fuerza. Detrás de mí, una inhalación, un gruñido, seguido del delicioso chasquido del azote son la única prueba que tengo de que no estoy sola. Me imagino el cuerpo de Lucius propinando los asaltos, los hombros flexionados, el antebrazo duro como el hierro, la cara serena. Ojalá pudiera verle.

Ojalá pudiera frotarme el coño sobre esta madera pulida. Cada azote me excita más, la flagelación continúa, y no sé cuándo sucedió, pero de repente siento como si flotara. Me siento flotar en una cálida y rosada nube de aire.

—Lo haces tan bien, Selene. —El mango liso del látigo

me roza los suaves labios de los genitales, seguido de los dedos de Lucius. Gimo—. Estás tan mojada. Tan deliciosa como un melocotón jugoso, podría comerte. —Me estremezco y él se ríe—. Tal vez más tarde. De momento, esto es todo lo que quiero. —Sigue frotando y me retuerzo fuera de alcance.

—¿Qué haces?

Su brazo serpentea alrededor, asegurándome para que pueda seguir con sus caricias. Pone su barbilla en mi hombro y murmura en mi oído:

—¿Se siente bien?

Mi pecho se agita a medida que mi orgasmo flota más cerca.

—Pídeme permiso antes de llegar al clímax.

Sacudo la cabeza, más por mi propia determinación que por respuesta a él. No, no pediré permiso. No, no me correré.

—Está bien. —Él se aleja y yo me hundo hacia adelante, mi cuerpo se inclina ante la pérdida. Se limpia los dedos mojados en el antes de tomar su lugar detrás de mí. El látigo vuela de nuevo, golpeando mi espalda con las hebras de cuero suave.

—Es tu elección, cariño. Siempre es tu elección.

¿Cómo puede ser cierto? ¿Cómo terminé aquí, atada voluntariamente, desesperada por el tacto, la sensación, cualquier cosa? Un toque suave. Una lluvia punzante. Cualquier cosa.

—Eres una mujer fuerte. —El látigo golpea mi espalda de arriba abajo—. Quieres probarlo. Entiendo. Pero, Selene. —Hace una pausa para acercarse y arrastrar los mechones sobre mi hasta que los hormigueos corren por mi columna vertebral— no hay nada de malo en liberarse. Lo quieres. —

Su voz se profundiza, es más oscura—. Lo quiero. En la esclavitud, puedes volar libre.

No sé de qué demonios habla. Me apoyo en la cruz, colgando de los puños, mis dedos acarician las ataduras. Quiero arquear la espalda y frotarme el coño contra la madera. Quiero empujar el culo hacia atrás y rogarle que me azote más fuerte.

—Más fuerte —le susurro al grano de la madera.

—¿Qué es eso, Selene? ¿Qué quieres?

—Más fuerte. Más.

—Buena chica. —Lucius me recompensa calentándome con cada golpe creciente. Me giro y bailo mientras el ritmo en mi espalda me empuja más alto.

* * *

Lucius

La espalda de mi mascota es una bonita pintura rosa, surcada de tonos rojizos. Selene respondió mejor de lo que podría haber soñado, disfrutando del calentamiento, dispuesta a pasar al siguiente nivel.

Me agacho para inspeccionar una marca particularmente cruel que tiene en su trasero. Su curación de cambiaformas se ha activado y es increíble, ya inundando su cuerpo de endorfinas. A medida que me levanto, siento el aroma de su jugoso coño.

Dejo a un lado el látigo y procedo a hacer lo que he estado anhelando toda la noche, pasar mis manos por su cuerpo, calmando y reclamando su carne caliente.

—Ooooh —suspira al tacto. También lo ha estado anhelando.

No soy del todo amable. Aprieto, pellizco admirando mis marcas.

—Llevas mis marcas tan bien, cariño. Debería azotarte todas las noches.

Selene tiembla pero los pliegues húmedos de su coño me dicen cómo se siente realmente.

—Has sido una chica tan buena —susurro—. Voy a tocarte ahora para permitir que te corras. Tendrás que pedirme permiso amablemente cuando estés al límite. —Presiono mi cuerpo contra el de ella, sujetando mi brazo izquierdo alrededor de su estrecha cintura y alcanzando entre sus piernas con mi mano derecha. Está tan mojada que mis dedos se empapan cuando encuentro el clítoris y empujo el punto sensible a lo largo de su costado. Ella está justo al límite, presionando contra mi agarre, con la respiración en ráfagas. La estimulo más fuerte.

—Pide permiso —ordeno.

Niega con la cabeza, todavía orgullosa, pero cuando la vuelvo a tocar, se derrite. Froto más rápido, tomando nota de sus pechos enrojecidos, su respiración áspera. Lo ha hecho tan bien que quiero recompensarla. Pero primero...

—Pregunta, Selene.

—Por favor...

Sí.

—Córrete por mí —le gruño al oído, mordiendo su suave lóbulo. Su cuerpo se estremece, se dobla y responde. Ella grita mientras se vuelca.

Es magnífico.

—Eso es, cariño —canto y la sostengo cerca. La dejé bajar y hundirse contra el marco de madera. Ella se esforzó. Un día la trabajaré una y otra vez, toda la noche. Pero no esta noche. Hemos terminado.

Le saco las esposas y la saco de la cruz recogiéndola en

mis brazos. La llevo a mi gigante sofá cde cuero Chesterfield que hay frente a la cruz para este fin. En una mesa auxiliar, hay una botella de agua y una toalla pequeña. Abro la botella y le echo un poco en la boca, antes de mojar la toallita y limpiarla. Le doy el resto del agua, sosteniendo la botella para ella, y la envuelvo en una suave manta. Selene tiene las mejillas sonrojadas, los labios regordetes, suplicando un beso. Por un mordisco.

No esta noche. Me paso la lengua por los colmillos, me acomodo en el enorme sillón.

—Eres tan hermosa. —Le digo—. Lo hiciste muy bien. Muy bien.

Ella da un suspiro de felicidad.

Al cabo de unos minutos, me siento y tanteo la mininevera junto al sillón, que contiene zumos y chocolates, todo lo necesario para cuidado posterior. Selene come de mis dedos, bebe profusamente, sus pestañas oscuras revolotean.

Cuando ha terminado, la vuelvo a tumbar en mis brazos; la trenza se ha deshecho y me tomo un momento para extender la fina seda hilada sobre sus hombros. Después de un momento se acurruca con otro suspiro. Recuerdo su confusión cuando revisé el ajuste de las esposas y le di una palabra de seguridad.

—Nunca has hecho esto antes, ¿verdad? Puedes contestarme —añado, en caso de que recuerde las restricciones que le impuse antes.

Se relame los labios.

—¿Recibir órdenes de un maestro? Me entrenaron...

Interrumpo su relato.

—Pero no se preocuparon por ti, no así.

—No. —Parece insegura. Su cuerpo debería estar exudando endorfinas, con deseos de sumisión. Su mente parece zumbar preguntándose qué ocurrirrá a continuación. Está confundida, tal vez un poco perturbada.

La acerco más a mí, le acaricio el cuello, el cabello, hasta que suspira.

—Te exigiiré muchas cosas, cariño. Tu obediencia. Tu sumisión. Tu miedo. —Cuando un ligero estremecimiento la recorre, le masajeo la parte posterior de su cuello, calmándola—. Pero sobre todo... —Giro la cabeza y le susurro directamente al oído—: Quiero tus pensamientos. Todos. No tienes que preocuparte por complacerme; te diré qué hacer y tú obedecerás; llevaré cada carga, cada preocupación. Todo lo que pido es que me obedezcas. Puedes tener todo lo que quieras, Selene, si te sometes a mí, pues hay todo un mundo de placer por explorar, y yo seré tu guía. Puedo conducirte a la cumbre del éxtasis y traerte sana y salva a casa.

Otro suspiro, pero frunce el ceño. Le aliso la arruga con un dedo.

—Deja de pensar. Solo déjalo ser.

Mi discurso me hace ganar unos minutos de silencio total. Disfruto del cuerpo que respira en mis brazos; mi mascota es la combinación más deliciosa de contradicciones. Un minuto lucha, al siguiente apela a su poderosa voluntad y fuerza para someterse. Una virgen que audazmente viene a aprender las artes amatorias de una Venus. Ddebería proporcionar largos meses de entretenimiento, si no la quiebro.

Cuando está lista para sentarse, la dejo, pero mantengo mis brazos alrededor de ella.

Selene me mira con los ojos entrecerrados.

—¿Haces esto a menudo? Me refiero a entrenar a una sumisa...

—No. Tengo un club de sumisas que ya están entrenadas. La mayoría llega ya sabiendo cómo complacerme. La única sumisa que entrené fue... —Me detengo.

Selene adivina por qué.

—¿La que amabas?

—Vino a mí ansiosa por complacer. A diferencia de otras que conozco.

Con un impactante descaro, Selene pone los ojos en blanco, entonces mi risa nos sorprende a ambos.

* * *

Selene

El rey vampiro tiene una risa encantadora. Toda su cara se ilumina, toda la agudeza de sus hermosas facciones se suaviza. La profunda carcajada que sale de su pecho me recorre el cuerpo, aliviando la tensión tras el alegre terremoto. Siento en mí una calidez que despierta lugares secretos. No puedo dejar de responder a él.

—Diez millones de dólares compran mucha obediencia —dice Lucius con una sonrisa provocadora—. No hay una pizca de obediencia en tu cuerpo. Pero aprenderás que puede ser muy agradable.

Arrugo la nariz ante eso y él se ríe de nuevo.

—No creo que me haya reído así en mucho... —Se detiene a pensar—. No puedo recordar cuánto tiempo.

—Me alegro de divertirte —le digo en un tono seco.

—Eres la mascota más encantadora —afirma.

Uf, odio que me llame así.

—Voy a tocuparme de una última cosa y luego te vas a la cama. Sola   —aclara—. Para descansar.

—¿Eso es todo? ¿Hemos terminado por esta noche? —Me retuerzo en su regazo. Sus brazos me aprietan más, pero no antes de que me levante de él. Literalmente.

Hace una pausa para ahogarme en esos ojos negros café antes de decir:

—Cuidado, Selene. El monstruo despertará a su debido tiempo. No hay necesidad de despertarlo antes.

—Creo que ya está despierto —bromeo. Parece un poco extraño llamar "monstruo" a su erección, pero está bien.

Lucius me pone una gran mano en el pelo y lo sujeta.

—Cuidado, Selene —advierte, sonriendo—. Ya estoy tentado a llevarte a los límites del éxtasis, usar tu cuerpo en todas las formas en que pide ser usado.

La inyección de excitación en mi aroma parece sorprendernos a ambos.

—Pero —enuncia Lucius con el dedo levantado— eres joven. Una virgen. En muchos sentidos, una principiante.

Abro la boca para protestar, ahora tengo curiosidad por todo ese éxtasis que ha prometido, cuando coloca dos dedos en mis labios, robándome la capacidad de hablar.

—Aprenderás, cariño. Será un placer enseñarte.

En un movimiento demasiado súbito, retira los dedos, los limpia en la manta, me agarra la barbilla y me sostiene la cara. Su malvada sonrisa me derrite. Separo los labios, lista para que reclame mi boca, pero me besa la frente.

—Ahora, está la cuestión de tu castigo. Te dije antes que no hablaras. —Me inclina sobre su rodilla. Pongo las manos en el suelo—. Eso es. Así.

Mis pies patalean y él sujeta una pierna. Su mano me azota el culo y grito, más cabreada que dolorida. Las nalgadas continúan con rápidos golpes de fuego y me provocan escozor. Al igual que con la flagelación, no me resulta del todo desagradable, especialmente una vez que la picadura inicial se convierte en calor. De repente, se detiene para frotarme el trasero y la punzada de dolor se desvanece, convirtiéndose en esa sensación de alto vuelo.

—Magnífico, cariño —gruñe. Adentra un dedo en mí, encontrando puntos sensibles al hurgar. Me inmoviliza cuando forcejeo. Me va a arrancar el orgasmo y no sé si me estoy retorciendo para combatirlo o si le insto a que llegue más deprisa—. Vas a dejar de preocuparte. —susurra, manipulando el clítoris—. No tienes que preguntarte por si me complaces o no. Te lo diré. De ahora en adelante, simplemente *eres*. Haz lo que te digo y todo estará bien. —La voz parece venir de muy lejos—. Déjalo ir. Ahora.

Me libero, jadeando. Lucius introduce sus dedos en mi coño empapado, llevándome más lejos. Nos conocemos desde hace menos de una noche y sabe cómo tocarme.

La habitación me da vueltas cuando vuelvo a estar en sus brazos. El placer, el dolor, los acontecimientos de la noche, las sensaciones desenfrenadas, cabalgan dentro de mí, llevando mi saciado cuerpo a la inconsciencia. Entonces me quedo dormida con Lucius canturreando:

—Buena chica, buena chica.

Capítulo Cuatro

Selene

Cuando una franja de luz solar me baña la cara, estiro las piernas y pataleo para liberarme frenéticamente de la maraña de sábanas. Me encuentro en un dormitorio extraño, en la cama de un desconocido. Una vez que me siento, las piezas encajan: la subasta, la oferta de diez millones de dólares, el rey de los vampiros que me compró y me ha traído a su casa.

Lo más aterrador de todo: dormí como un bebé. Sin sueños, sin pesadillas. No me he despertado para buscar monstruos en la habitación. No he dormido tan bien desde antes de quedar huérfana a los once años, cuando supe que los monstruos eran reales.

Sin embargo, anoche tuve el mejor sueño de mi vida en la casa de mi enemigo vampiro. Peor aún, me quedé dormida en sus brazos, porque cerca de Lucius, mi cuerpo pierde todo buen criterio.

Hago rodar mis pesadas extremidades fuera de la cama y me estiro antes de merodear por el lujoso dormitorio.

La puerta está cerrada. Por supuesto. Soy una cautiva.

Lucius es bastante inteligente como para saber que diez millones de dólares no me convierten en una voluntaria.

Me dirijo al cuarto de baño. La habitación es soleada gracias a una hilera de ventanales altos que llegan casi hasta el techo. Podría escaparme si quisiera, pero mi misión dista de completarse.

Una vez dentro de su casa, debes estar doblemente en alerta, me dijo Xavier. *Los vampiros no bajan la guardia cuando llevan a alguien a su guarida. El lugar de descanso de Frangelico estará bien protegido.*

Entonces, ¿cómo me acercaré lo suficiente para matarle?, le pregunté a Xavier. Antes de responder, sonrió tanto que sus colmillos brillaron.

Me echo agua en la cara, luego bebo del grifo. Hoy descansaré, exploraré y me prepararé lo mejor que pueda. Esta noche comienza el verdadero trabajo.

De momento estoy sola porque los vampiros duermen durante el día. Lucius podría enviar a un sirviente para que me vigile, pero hasta entonces, conservaré mis fuerzas de la mejor manera que sé.

Caigo en cuatro patas, me estiro y me transformo en mi loba. Intensos olores estallan en mi cerebro, mi olfato de loba me dice qué aromas componen este ramillete vampírico. Noto que Lucius limpia regularmente su casa. Los productos perfumados que utiliza su ama de llaves me hacen estornudar. Aparte de que alguien viene a limpiar, entiendo que esta habitación lleva mucho tiempo sin uso, aunque todavía conserva el olor a vampiro.

Olfateo el perímetro. Cuando llego a la puerta, oigo voces afuera hacen que me retire a los pies de la cama. Alzo mi pelaje y muestro los dientes para que parezcan lo más grandes y amenazantes posible. Como loba, soy de tamaño promedio, más grande que un lobo normal. En forma humana, soy letal para los vampiros, pero mi loba es más adecuada para luchar y salir de un espacio reducido.

Tres personas discuten en el pasillo. Una mano agarra el picaporte de la puerta y luego abre la cerradura.

Me ve de inmediato y sonríe.

—Bueno, hola, lobita.

Le muestro los dientes, me mantengo firme. Dos cabezas más asoman por la puerta para mirarme. Uno lleva un sombrero de fieltro sobre el pelo gris; el otro es más alto y lleva unas gruesas gafas. Huelen a metamorfos, pero no puedo ubicar a sus animales. Un gruñido se me escapa de la garganta y el de cabello oscuro levanta las manos como si yo hubiera sacado un arma.

—Tranquila, solo estamos aquí para ver cómo estás. No muerdas al mensajero. —Su acento irlandés me da cosquillas en los oídos—. Estamos aquí para ver cómo estás.

Alguno debe de haberle dado un codazo en el costado porque hace una mueca y comienza a forcejear.

—Dile que Frangelico nos envió —murmura el alto con grandes gafas.

—¡Lo estoy intentando!

—Bueno, hazlo antes de que nos ataque...

Los tres se estrellan en lucha contra el suelo, empujándose el uno al otro y maldiciendo. El olor es una confusa maraña de hombre lobo, plumas y whisky irlandés. Mi nariz se contrae, pero no puedo evitar sonreír ante sus payasadas. El de cabello oscuro se levanta primero, se pone de rodillas mientras sus amigos continúan con el alboroto. Las gafas del desgarbado cuelgan de una oreja, el canoso ha perdido su sombreo de fieltro.

—Soy Declan —anuncia el irlandés—. Frangelico nos ordenó que viéramos cómo estabas. Comida y agua, ese tipo de cosas. —Mira a su alrededor y recoje el sombrero justo antes de que el tipo de cabello canoso pueda conseguirlo—. El resto puede presentarse. Yo soy el guapo.

—Soy Parker —el de cabello canoso se levanta y se quita el polvo. Le arrebata el sombrero y se lo entrega al alto.

—So- soy L-l-laurie —tartamudea el alto que huele a plumas.

—Nunca antes había estado en la casa de un vampiro —comenta Declan—. ¿Creéis que deberíamos explorar?

—¡No! —gritan Parker y Laurie.

—Cielos, no hay necesidad de gritar. No soy sordo, ya sabéis. —Declan se mete un dedo en la oreja y lo retuerce—. ¿Qué dices, lobita? ¿Lista para tomar un poco de aire fresco?

Los evalúo un poco. Tres cambiantes, animales desconocidos. Amigos cercanos, de alguna manera trabajan para Frangelico. Nivel de amenaza: cero.

Ladro una vez. Cuando salen de la habitación, los sigo.

Para nunca haber estado antes en la casa de Frangelico, parecen saber cómo llegar a la cocina. Los tres se unen para susurrar.

—¿Se queda en forma de loba? ¿Deberíamos seguir adelante?

—Supongo que... Solo actúa con naturalidad.

Parker vierte fruta en un tazón y lo llena con agua. Me lo da mientras Declan abre la nevera.

—¿Qué quieres? ¿Filete? —El irlandés levanta un dedo — ¿O lasaña?   —levanta otro. Ladro una vez—. Buena elección. —Coloca el filete en una bandeja que deja en el suelo y retrocede. Los tres se apoyan en la encimera en el otro extremo de la cocina mientras desayuno.

Hablan entre ellos cada vez más animados. ¿Cómo terminaron estos tres trabajando para el rey vampiro? Ellos se preguntarán lo mismo sobre mí.

Después del desayuno, me dejan salir y deambulo

haciendo mis cosas. Olfateo alrededor de un árbol de palo verde. Tengo cuidado de mantenerme alejada del cactus.

Paso el resto de la mañana holgazaneando en el cálido patio, durmiendo la siesta, royendo el hueso del filete que uno de mis cuidadores me dejó. Actúo como una mascota canina normal, todo el tiempo controlando la patrulla de los guardias y la ubicación de las cámaras de seguridad colocadas alrededor de la finca.

Cerca del mediodía, cuando alguien llama a la puerta principal, las voces sorprendidas de Declan y Parker resuenan en toda la casa. Aceptan la entrega de paquetes que llevan —caja tras caja llenas de bolsas de compras— por el pasillo hasta mi dormitorio.

Declan sale unos minutos más tarde para ver cómo estoy.

—Frangelico, eh, te compró algunas cosas. Debe de haber tenido tres compradores personales trabajando día y noche para ti. Ropa, maquillaje y, eh... —Se sonroja y no tengo problemas para adivinar que una buena parte de los bolsas provienen de una marca de lencería de alta gama—. Nosotros, mmm, dejamos todo en tu habitación, para que desempaques.

Asiento y vuelvo a preocuparme por mi hueso.

El irlandés se pone en cuclillas a unos metros de distancia.

—Frangelico quiere que averigüemos qué pasó con tu manada. ¿Tienes alguna pista que puedas darnos, muchacha? ¿Algún rastro?

¿Qué? ¿Por qué Frangelico ordenaría a estos tres que encontraran a mi manada? ¿Qué intenta probar?

Dijo que revisaría mi historia. ¿Qué hará cuando descubra quién soy y que soy la única loba que se escapó?

Declan se rasca la cabeza como si se preguntara cómo

voy a comunicarme con él en forma de loba. No hay modo de que le diga nada, así que le miro fijamente hasta que aparta la mirada.

—Vale —dice, y vuelve a entrar.

Me duermo durante unas horas antes de que me llamen para cenar. Salmón esta vez.

—Aquí lobita, lobita, lobita —Parker vierte una elegante botella de agua de Fiji en mi tazón limpio. Nada más que lo mejor para la mascota del rey vampiro.

A las tres de la tarde ,el trío intenta devolverme a mi habitación con golosinas para perros; les sigo la corriente y dejo que me vuelvan a encerrar allí. No pidieron ser mis guardianes. Mi problema no es con ellos. Me quedan unas horas antes de volver a enfrentarme a Lucius Frangelico y necesito mi ingenio afilado como una estaca de madera. A medida que la luz del dormitorio se espesa y se vuelve ámbar, cambio a forma humana y me acurruco en la cama para dormir.

Me despierto al atardecer. De alguna manera lo sé. Me ducho, me seco el cabello. No soy la mejor peinándome, pero me las arreglo para domesticar la melena. Lucius Frangelico parece preferir el aspecto natural, así que aparte de un poco de bálsamo labial, no me maquillo.

Rebusco entre varios vestidos colgados y en unas treinta bolsas de compras, y luego de un rato selecciono un vestido corto con un cuello en V de encaje festoneado. Sin calzado, sin sujetador, solo una diminuta tanga blanca. Todavía soy virgen, después de todo, y no voy a dejar que el vampiro lo olvide.

Finalmente, me paro delante de la puerta, peinándome el cabello para que caiga en ondas sensuales sobre los hombros. Me pellizco las mejillas, me muerdo los labios, pero pensar en lo que Lucius podría hacerme esta noche ya ha encendido el rubor.

Mi plan es simple. Ya en la mansión de Lucius, aún no he penetrado sus defensas. Nunca tendré la oportunidad de atacarle si no me deja entrar. Tengo que ganarme su confianza, lo cual significa apelar a todas las armas a mi disposición. Mi belleza, mi cuerpo, mi sumisión.

Tengo que seducirle.

Aproximadamente una hora después de la puesta de sol, mi puerta hace clic. Espero, pero nadie entra. Cuando me acerco, encuentro que se ha desbloqueado de forma remota. La abro y estudio el pasillo oscuro.

De alguna manera, sé que Lucius me espera. Apuesto a que hay una cámara de vigilancia en mi puerta, obviamente también las hay en mi habitación.

Antes de dar un paso, recuerdo las palabras suyas de anoche suspirando para mis adentros. Esto es una prueba. Es muy parecida a vivir en el complejo militar de Xavier. Todo es una prueba y cualquier regalo viene con un alto precio. Le prometí a Lucius mi sumisión y se la voy a dar. Seré su mascotita perfecta hasta el final, cuando me vuelva contra él y le meta mi sumisión tan adentro de su garganta que se ahogue.

Con ese salvaje pensamiento calentando mis entrañas, me pongo a cuatro patas y me arrastro.

* * *

Lucius

Contengo la respiración cuando aparece la cabeza rubia de Selene. Dejo a un lado mi tableta, que muestra las imágenes de las cámaras de seguridad, segundos antes de que ella doble la esquina. Se quedó en la puerta de su habitación tanto tiempo que estuve a punto de ir a buscarla. Entonces, en un movimiento tan acelerado que me estruja el corazón, y la polla, se pone sobre sus manos y rodillas. Se posiciona para mí. Gatea para mí. Nunca he tenido la tentación de ponerle un collar permanentemente en una sumisa, pero esta loba es una mezcla perfecta de desafío y voluntad de complacer. Es fácil imaginar largas noches juntos, con ella tendida ante mí, su carne temblorosa acariciada por la luz del fuego, esperando mi mordisco. Sería mía. Toda mía.

A medida que se acerca más balanceando las caderas, sus ojos brillan cuando me mira. Me encuentro con su mirada con la frente levantada y ella agacha la cabeza, luego frunce el ceño como reacción natural a mi dominio. A pesar de toda su insistencia en que ha sido entrenada por vampiros, no está acostumbrada a ser el depredador menos dominante en la habitación.

Cuando se muerde el labio, pienso que tendré que ponerle fin a ese hábito particular. El único que puede morderla soy yo.

Le hago señas para que se acerque. Gatea deslizándose por el suelo con gracia, pero debería arquear más la espalda para mostrar mejor la cara y el culo. La haré practicar más tarde como parte de su entrenamiento. Será un placer enseñarle.

Se acomoda frente a mí, entre mis pies, con la cabeza rubia inclinada, las manos apoyadas sobre los muslos desnudos. El atuendo que eligió le cae sobre sus pechos sin sujetador. Cuando me inclino hacia adelante, puedo verle hasta los pezones desnudos.

—Excelente, cariño. —Coloco mi mano alrededor de su cuello, disfrutando de su carcajada, y la pongo a cuatro patas frente a mí. Paso una mano por su columna vertebral, presionando su espalda baja hasta que su culo se inclina hacia arriba—. Mírame —murmuro.

Ella parpadea hacia mí, su rostro libre de maquillaje es exquisito. La afilada naricilla, el arco de la boca, las pestañas oscuras que se baten sobre las mejillas sonrosadas.

Se mece ligeramente sobre las rodillas y percibo el aroma de su coño respingón.

—¿Disfrutas esto? —le pregunto, y se sonroja aún más. Qué delicia—. Lo haces muy bien. Dime, ¿qué te hizo gatear para mí?

Se lame los labios antes de responder.

—Pensé... que querías ...

—Lo quería, cariño. Lo quería y tú lo hiciste maravillosamente. Pero quiero saber por qué tú, Selene, por qué elegirías gatear para mí.

—Perdí la apuesta.

—¿La perdiste?

Gira la cabeza para que el pelo le cubra el rostro. Podría ordenarle que me mire, pero le daré la ilusión de privacidad.

—Supongo que... Quería complacerte.

Verdad. Me enderezo triunfante. Su aroma confirma su deseo.

—Pobre, dulce mascota. Te he descuidado todo el día. Ven. —Sostengo los brazos abiertos. Mordiéndose el labio, se arrastra hasta mi regazo. Pongo dos dedos contra su boca.

—¿Disfrutaste tu día?

Ella asiente y retiro los dedos.

—Habla.

—¿Quiénes eran los metamorfos que me visitaron hoy?

—¿Te agradaron, cariño? Pensé que te proporcionarían un entretenimiento muy necesario.

—Dijeron que estaban investigando mi manada.

—Sí. Quiero encontrarla.

—¿Por qué?

—Para corroborar tu historia, por supuesto. —Selene se pone rígida en mis brazos. Ajá—. ¿No quieres que la encuentre?

—Yo... Ha pasado mucho tiempo.

—Podrías volver con ellos si lo deseas.

Ella parpadea hacia mí.

—¿Qué?

—Después de esta... experiencia. Una vez que nos hayamos divertido lo suficiente. ¿Pensaste que te mantendría aquí para siempre?

La provoco, disfrutando de su expresión de ojos bien abiertos.

—¿Me dejarías ir?

—¿Por qué no? Puedes quedarte si lo deseas. —Le acaricio la espalda rígida—. Siempre habrá un lugar para ti en mi club. Yo cuidaré de ti. O si quieres regresar con tu familia, podrás hacerlo.

Cuando vuelve a inclinar la cabeza, el cabello le cubre el rostro.

—Mi familia está muerta.

Hago un puño detrás de su espalda. Lo había olvidado.

—Mis disculpas —digo, y lo digo en serio. Selene me mira desde atrás del sedoso cabello—. Quise decir que te devolveré a tu especie si lo deseas.

Se vuelve a morder el labio mirando más allá de las puertas francesas, la preocupación se refleja en su ceño.

—Relájate, cariño. Solo quise darte un regalo.

—Un regalo —repite.

—Una atención. Después de nuestro tiempo juntos, no te mantendré enjaulada. Los animales salvajes están desti-

nados a correr libres. —Aparto el cabello de su rostro tenso
—. ¿Qué estás pensando, cielo?

—No sé qué pensar. Nunca pensé que me dejarías libre.

Pongo los dedos alrededor de su cuello para colocarle
un collar.

—Todavía no, cielo. Primero, te lo ganarás.

Se relame los labios visiblemente concentrada.

—¿Qué quieres que haga?

—Ven. —Me levanto y la alzo para cargarla—. Te lo
mostraré.

Me dirijo a la puerta con Selene rígida en mis brazos.
Siempre parece insegura de qué hacer cuando la cargo, y
disfruto desconcertándola.

Cuando los guardias me ven llegar, abren las puertas.

—Señor Frangelico —me saludan y me acompañan a la
limusina. Dejo a Selene en el piso de la limusina y tomo
asiento. Parece un poco aturdida, así que chasqueo los
dedos para señalar un lugar frente a mi asiento. Se acerca y
adopta una postura sumisa con gracia. Le paso los dedos el
pelo y llevo su cabeza a mi rodilla.

—Relájate, cariño —ordeno. Exhala un suspiro lo
bastante fuerte como para agitar su cabello, pero la tensión
de sus hombros se alivia.

La limusina avanza por la calle dirigiéndose a mis nego-
cios. Tucson estuvo en mi radar durante años, antes de
mudarme aquí, cuando mi estancia en Hollywood me dejó
exhausto, hastiado. Era demasiado hasta para un vampiro de
dos mil años. Aun así, la productora que fundé allí todavía
vierte dinero en mis arcas, pero cuando llegó el momento de
fingir mi muerte y seguir adelante, no dudé en encontrar
una nueva ciudad que atormentar. Los Ángeles, a pesar de
todo su glamour, se siente vieja. Un santuario donde las
vírgenes se sacrifican por la fama.

Pasamos delante de una sala de cine cubierta con carteles del último éxito de taquilla y noto que la actriz protagonista de la película llegó al estrellato por medio de mi agencia. Fue uno de mis hallazgos. Se ofreció a follar conmigo por un papel, pero para entonces yo me había cansado de todo, de los bronceados falsos, las fotos retocadas. Los tejemanejes y la codicia lo superan todo, incluso el deseo de contacto humano. Cuando el sexo es una herramienta, un arma para ganar un rol protagónico, la vida se vuelve más trivial de lo que incluso un vampiro hastiado puede soportar. Vine a Tucson —más como si fuese un retiro— para encontrar algo real. Dos cuerpos que se encuentran en la noche. Pasión destemplada, sin especulaciones.

Sin embargo, es fútil. En cuanto la gente me conoce, asume mi rol del rey vampiro. El antiguo gobernante. Hasta mis vástagos eventualmente se vuelven contra mí intentando tomar mi poder. La mía es la primera cara que ven cuando se levantan como vampiros y la última, porque cuando me atacan, los mato. Uno por uno, como estrellas que se apagan una a una, y me quedo solo, en la oscuridad.

—¿Señor? —Oigo una voz suave en mi rodilla—. ¿Está bien?

Suspiro como un caballero victoriano. Los hombres de esa época eran unos inútiles, aunque algunos escribieron poesía bastante decente.

—Estoy bien, cielo. Solo un poco... estresado.

Selene parpadea con las pestañas oscuras que le enmarcan los ojos grises como el océano. No me tiene miedo, no realmente. Su loba parece aceptarme. Ha aflorado durante el día cuando no podía protegerla.

Su cabello cae en mi pierna y toco los mechones sedosos.

—Selene —digo en voz alta, y me llevo un mechón de pelo a los labios. Se sonroja como si hubiera besado una parte muy personal de ella, lo cual tengo la intención de hacer pronto—. Diosa de la luna. Nombre apropiado para una loba.

Ella olfatea.

—Eso es un mito. No tenemos que transformarnos con la luna.

—Hay muchos mitos falsos sobre nosotros. Para nuestros tipos. Para empezar, como vampiro, me gusta el ajo.

Sonríe ante eso.

—Las aceitunas rellenas de ajo te delataron. Eres italiano, ¿verdad?

Levanto la ceja ante su pregunta directa.

—Lo siento —dice y mira hacia otro lado.

—No, no lo soy —la reprendo tirando de su cabello. No lo lamenta en absoluto.

—¿Es de mala educación hacer preguntas sobre el pasado de un vampiro?

—No lo es. Es impertinente. Tienes suerte de que lo disfrute. Pero ten cuidado, cariño. No te excedas, porque si te pasas de la raya, te amordazaré esa dulce boca. —Sus pestañas revolotean y me relajo otra vez—. Pasé algunos siglos en Italia, sí, entre guerras territoriales de las ciudades estado. Prostitutas y cenas con los Medici. Llegó a ser agotador cuando la Iglesia se concentró en buscar a cualquier ser malvado o bruja y mandarlos a la hoguera; se volvió incómodo. Entonces escapé al Nuevo Mundo, donde abundaban las tierras salvajes y los monstruos que cazaban de noche.

—¿Crees que eres un monstruo? —susurra cabizbaja.

—Sé que lo soy. Una criatura de hambre y oscuridad. Cuanto más viejo me hago, más perversiones tengo.

Traga saliva.

—Le has hecho daño a la gente.

—Sí —digo con voz grave—. Lo disfruto. —Tiro de su cabeza hacia atrás, exponiendo su cuello—. Tú también.

Niega con la cabeza y aprieto mi agarre.

—¿Lo niegas?

—No me gusta el dolor.

—No solo el dolor. —Paso un dedo desde la mandíbula hasta la suave base de su garganta, disfrutando de su lucha para evitar atacar—. El dolor, el placer depende de la forma en que el cuerpo lo registra. Dos caras de la misma moneda. Cuando uso el látigo con una sumisa —un temblor la atraviesa con la palabra *látigo*— está al límite, como el filo suspendido entre dos abismos. Uno: dolor inmenso. El otro: placer ilimitado. —Extiendo mi mano y la balanceo de un lado a otro mientras Selene me mira—. Nunca se sabe en qué dirección caerán.

—Así que eso es todo. Te gusta tener el control.

—No solo me gusta, cielo. —Enrollo su cabello alrededor de mi puño hasta que queda atrapada con la garganta tensa, los labios temblando, con la correa dorada de pelo—. Vivo para ello.

Una vez que la limusina se detiene, la retengo uno, dos, tres largos momentos antes de soltarla.

—¿Vamos?

Ayudo a Selene a salir de la limusina y la conduzco hasta la entrada del club, cuya puerta está sin bloquear, pero no hay nadie dentro tal como ordené. Selene se aferra a mi brazo mientras caminamos por la oscura zona del guardarropas y bajamos las escaleras hacia la penumbra del subsuelo.

—¿Qué es este lugar? —pregunta con voz apagada.

En respuesta, presiono un panel oculto y enciendo el

primer juego de luces. La primera parte de la sala es un área de descanso donde hay una barra retroiluminada frente a una variedad de mesas bajas y sillones tapizados en felpa. Espero a que los ojos de Selene se adapten a la luz e ilumino la segunda mitad: la mazmorra. Los focos se encienden en la vasta sala, brillando sobre el mobiliario de madera maciza que se atornilla al suelo. Hay cruces de San Andrés, bancos de azotes, potros de madera, mesas largas cubiertas de cuero negro y una mazmorra de sadomasoquismo bien equipada. Un paraíso para la dominación. El infierno y el cielo de una sumisa, todo en uno.

Acciono el interruptor final y toda la pared se ilumina. Selene jadea ante la exhibición de látigos colgantes, una cuerda Shibari, paletas y bastones.

Su sorpresa es refrescante. ¿Alguna vez fue tan inocente?

Gira la cabeza, sus grandes ojos se iluminan asimilándolo todo. Los pezones se le han endurecido. Entiendo que no es tan inocente. Al menos una parte de ella está fascinada.

Excelente.

—¿Y bien, cariño? —Toco su cabello para sacarla del trance—. ¿Qué piensas?

Selene parpadea. Se relame los labios. Dice lo último que se me ocurriría:

—Nadie va a esperar la Inquisición española.

Capítulo Cinco

Selene

El rey vampiro se mueve detrás de mí como una sombra gigantesca y oscura en este lugar aterrador. Su risa resuena a mi alrededor rodeándome como una manta cálida, entrando en mis venas. El sonido me marea como un vaso de whisky con el estómago vacío. Me balanceo un poco y él envuelve un gran brazo alrededor de mi cintura.

—Bienvenida a Toxic, cielo.

—Este lugar... ¿es tuyo? —He oído hablar del club nocturno de los vampiros y los rumores de lo que realmente es: una mazmorra del sadomasoquismo con una discoteca como tapadera. Algunos vampiros son sádicos y prefieren que sus víctimas sean masoquistas sumisas, a quienes llaman *sangre dulce*, porque la sangre tiene más sabor cuando se mezcla con endorfinas, la respuesta del cuerpo al dolor.

—Todo lo que ves.

—Todo lo que toca la luz —murmuro. Una boca inteligente es una buena manera de encubrir el miedo. Lucius se ríe de nuevo, y sigue riendo mientras me hace avanzar.

Estamos a medio camino del centro de la sala, donde hay un pesado trono que se eleva sobre una plataforma, un foco que muestra su esplendor medieval; entonces el silencio cobra sentido.

—No hay nadie aquí.

—Por supuesto que no —ronronea Lucius en mi oído—. Eres mi posesión más preciada. No quiero presumir de ti, todavía no.

Pienso en la fiesta que organiza para dentro de un mes.

—¿Pero algún día?

—Algún día. —Se aleja de mí y toma su lugar en el trono. Un rey en su reino. Su hábitat natural—. ¿Estás lista para comenzar tu entrenamiento?

¿Lo estoy? Me doy vuelta en el lugar, tomándome más tiempo para examinar la pared de implementos, el muro del dolor. En el entrenamiento, he visto peores, me he sentido fatal, pero esto es diferente. Privado. Sensual. Solo estamos nosotros dos aquí.

Lucius se arremanga la camisa para exponer antebrazos deliciosamente fuertes. Yo tengo los pezones que amenazan con romper el top y el coño pulsando. No tengo miedo de la forma en que Lucius podría hacerme daño. Tengo miedo de que me guste.

Cuando Lucius chasquea los dedos, en un instante, voy a su lado, me arrodillo con la cabeza inclinada, los brazos detrás de la espalda.

—Se acabó el tiempo de juego —me dice—. Cuando estemos aquí, obedecerás mis órdenes o serás castigada. Sin excusas, sin excepciones. Me llamarás *señor* en todo momento, a menos que te haya ordenado que no hables. ¿Entiendes? Puedes hablar de momento.

Trago saliva.

—Sí, señor.

—Podría desear que te desnudes o gatees. Obedecerás inmediatamente o sufrirás las consecuencias. Y, cariño, no te gustarán las consecuencias. ¿Tienes alguna pregunta?

—¿Cuáles son las consecuencias? —pregunto, añadiendo—: ¿Señor?

Los oscuros ojos de Lucius centellean. Está disfrutando de esto... la escena, el juego, lo que sea.

—Desobedece y lo descubrirás.

Dirijo la mirada al muro del dolor. Se inclina hacia adelante y captura mi barbilla, atrayéndome.

—Obedéceme y te recompensaré. Te encantarán las recompensas. Las probaste anoche.

Sí. Nunca olvidaré esos orgasmos. Quiero más.

—En un mes, te presentaré ante mi reino como una consorte de un rey. Todos te codiciarán. Actuarás para ellos y te ganarás tu libertad. Y esto... —Llega a la mesa auxiliar, abre un cajón y saca una caja. Un pesado collar plateado yace sobre un cojín de terciopelo negro. Lucius lo recoge y los diamantes parecen hacerme un guiño centellando para mí—. Un collar digno de una reina. Tengo la intención de entrenarte para mi beneficio, solo el mío. No te arrodillarás ante nadie... salvo yo.

Interesante. La información que Xavier me proporcionó no refería nada acerca de que Lucius fuera tan posesivo con una sumisa.

Abro la boca, esperando a que incline la cabeza y me dé permiso para hablar.

—¿Y después de la fiesta, señor?

—Serás libre de irte y regresar cuando quieras. Eres libre de volver con tu manada si lo deseas. El precio de tu libertad es tu sumisión final, pero después de eso, puedes tomar el collar y marcharte.

Me balanceo sobre mis talones. Pretende adiestrame, hacer que le desee, pero soy un accesorio en su demostración de poder. Si consigue que haga lo que me ordena...

—¿Y si quiero quedarme?

—Siempre habrá un lugar para ti aquí. A mi lado.

—¿Como tu sumisa? ¿O para que te la pases a tu antojo?

—Nuestro acuerdo tiene un final natural, pero continuaría cuidándote. Trabajarías aquí. Solo te someterías a los vampiros que elijas.

Agacho la cabeza como si lo considerara. Lucius piensa que va a quebrarme. Pero yo voy a quebrarle, y en el momento en que me dé la espalda, me volveré contra él. Todo va según el plan.

—Vale —le digo—. Estoy lista.

Extiende una mano y señala el muro del dolor.

—Elige.

Me enderezo. Le miro fijamente respirando hondo antes de ponerme de pie. Las filas de implementos se confunden a medida que me acerco. Escojo el más cercano a mí, una tira de cuero con una punta angulada unida a un mango largo. Cuando regreso a Lucius, me arrodillo y se lo ofrezco con la cabeza inclinada. La coreografía de alto protocolo facilita las cosas, especialmente cuando me estoy preparando para una larga noche.

Lucius toma el látigo y lo deja a un lado antes de acercarme.

—¿Asustada?

Agacho la cabeza.

—No lo estés. No te haré daño. —Sus grandes manos recorren mi cuerpo, me masajea los hombros hasta que me derrito y rompe mi reticencia. Su contacto se siente bien. Amo y odio cómo le respondo.

—No sé si puedo hacerlo —digo.

—No tienes que hacer nada. Solo entrégate. Cuando estamos en una escena, soy consciente de todo sobre ti: cada movimiento, cada estremecimiento, cada temblor. Tu papel es ser consciente de mí. Seré tu mundo. Mis palabras, tu dios. —Sus grandes manos se ahuecan en mi cara e inclinan mi cabeza hacia atrás para que me encuentre con sus ojos—. Selene. Nunca te dejaré caer.

* * *

Lucius

Mi mascota se retuerce en mi regazo demasiado nerviosa para quedarse quieta. Nerviosa y curiosa a la vez, una combinación refrescante. La pongo de rodillas en el suelo y le abrocho el collar en el cuello.

—Alto protocolo —le digo y ella asiente, inclinando instantáneamente la cabeza. El jadeo me hace agarrar su barbilla—. ¿Qué pasa, cariño?

—¿Me necesitas? —Mira el bulto en mis pantalones. ¿Asustada? ¿Ansiosa? Su rostro es una máscara que un vampiro envidiaría.

—Ahora no, cielo —le digo—. Debes ganártelo. —Sus ojos se abren ligeramente, con nerviosismo. Realmente es virgen—. Necesitas una nueva palabra de seguridad, cariño. Algo único.

—¿Bosque? —sugiere y yo le devuelvo una sonrisa.

—Eso funcionará.

Me siento en silencio por un momento dejando que su

anticipación se acreciente. Selene se inquieta moviéndose sobre un talón, luego en el otro. Sus grandes ojos parpadean rápidamente, la respiración se entrecorta. Me mira la cara y le devuelvo la mirada.

—Párate y desvístete. —Mantengo la orden concisa.

Inmediatamente da un salto para obedecer. Una vez desnuda ante mí, los pezones sobresalen y el coño luce húmedo y jugoso para ser tomado.

Mi erección palpita dolorosamente contra mi pierna, pero soy un maestro del control. Un vampiro en mi posición tiene que serlo. No soy como un lobo en celo que cede a su deseo y marca a su pareja con saña. No, espero mi tiempo. La hago temblar. Le enseño obediencia. Mi satisfacción proviene de mi dominio sobre ella, no de una liberación básica de hombría.

Me levanto lentamente de mi trono, tomo una correa y la engancho a su collar.

—Ven, cariño. Ansío por marcar tu piel pálida nuevamente. —Llevo la cola del dragón conmigo y una paleta de cuero.

No se pierde nada de eso mientras sus ojos dilatados lo asimilan todo con un destello de alarma. Levanto la barbilla en dirección a un banco de nalgadas.

—Allí. Monta el banco, cielo.

No me pierdo el escalofrío que le recorre la espalda pero me obedece sin decir palabra y se inclina sobre el banco.

Le abrocho las muñecas y los tobillos, luego reviso si están muy apretados. Su coño se ve demasiado delicioso para no tocarlo, así que paso un dedo sobre la hendidura húmeda, extendiendo su lubricante natural hasta el clítoris.

Ella arquea su culo hacia mí y lo azoto fuerte.

Como loba que es, el dolor le significa poco y cualquier

marca que le deje sanará casi de inmediato. A algunos vampiros por esta razón les encantan las sumisas metamorfas. Otros las odian y prefieren a las humanas, quienes sentirán todo el peso del castigo durante días.

Nunca tuve una opinión al respecto, pero de momento, me alegro de que Selene sea una loba. Soy demasiado protector con ella como para querer que experimente una incomodidad duradera, incluso por placer.

—¿Lista para tus azotes, Selene?

No responde, así que le doy una palmada en el culo de nuevo.

—Sí, señor. —Su tono es un poco hosco, pero no me extraña que se haya quedado sin aliento. Está excitada, pero su orgullo le impide admitirlo.

Palmeo el mango de la paleta de cuero, un instrumento encantador, plano, que es una buena herramienta de precalentamiento, un poco más dura que el látigo o mi mano, pero aún ligera y mesurada.

Azoto una vez en el centro de sus nalgas, escucho su jadeo y el mero sonido me da placer. La vuelvo a azotar y hago una pausa para esperar la reacción, antes de empezar en serio la seguidilla de chasquidos rápidos y potentes en sus pálidas nalgas.

La intensidad parece sorprenderla porque jadea, se retuerce, moviendo las muñecas dentro de las esposas. Me encanta la forma en que su culo se aprieta y tiembla. Después de unos treinta azotes, recupera el control de sí misma mientras las endorfinas comienzan a entrar en acción a medida que la sangre corre hacia su trasero, volviéndolo de un tono rosado. Se le ralentiza la respiración y se queda quieta, aceptando las nalgadas con valentía.

Así que, por supuesto, me detengo.

—¿Te calentaste, hermosa? —Aprieto una nalga bruscamente.

Ella gruñe un poco, nada sumisa.

Me río.

—Creo que este culo necesita algo para apretar mientras lo azoto, ¿no?

Selene es bastante lista como para no contestar.

Consigo un tubo de lubricante de mi caja y cubro un pequeño tapón de acero inoxidable con él.

—Ábrete, cielo.

Inmediatamente aprieta su orificio trasero.

Espero.

Después de un momento, cuando suelta un suspiro relajando la entrada, posiciono la punta bulbosa en su rígida roseta aplicando una ligera presión. Tras un instante, cuando los músculos se relajan, empujo el tapón y da un maullido de alarma.

—Tranquila, cariño. Respira. Exhala.

Espero hasta que me obedezca, luego continúo presionando el tapón hasta que se asiente. Gime cuando un temblor sacude sus muslos internos y sus jugos se escapan de su coño.

—Buena chica. —Reanudo la serie de nalgadas con la paleta, más ligeras esta vez, pero con la intención de sacudirle la carne, hacer que el tapón se mueva dentro de ella.

Selene gime, jadea.

Me detengo y giro el tapón, sacándolo unos centímetros antes de sumergirlo de nuevo en el interior. Su jadeo de sorpresa pone mi erección más dura que una roca.

—Nunca alguien ha bebido tu sangre, pero ¿esto también es virgen, lobita? Puedes hablar.

—Sí, señor —gime.

—Sin embargo, te gusta, ¿no?

—¡No! —jadea de inmediato.

Hago una pausa esperando que corrija su error, pero no lo hace. Recojo la cola del dragón.

—No, *señor,* quisiste decir.

—No, señor —acepta rápidamente.

—Demasiado tarde, amor. —Acciono el mango del implemento y la trenza de cuero golpea sus nalgas.

Jadea y sus hombros se tensan.

Espero diez segundos antes de aplicar un segundo golpe, luego solo dos antes del tercero. Mantengo el ritmo impredecible pero lento, llevándola a la euforia inducida por el dolor porque cada chasquido es una invitación a soltarse más profundamente. A rendirse plenamente.

Lo hace enseguida. Ciertamente ha sido entrenada en este sentido. Pero es más la parte del placer lo que le resulta extraño. ¿Quiénes fueron los idiotas que la entrenaron, de todos modos?

Sin embargo, ¿por qué me sorprendo? Muchos maestros solo conocen la crueldad y la codicia del poder. Carecen de la sutileza necesaria para lograr el verdadero equilibrio entre dominio y sumisión.

Le marco el trasero a conciencia, luego espero, escuchando el sonido de sus respiraciones frenéticas. Cuando se calman, la recompenso con un lento mordisco en el clítoris.

Selene gime. Lo rodeo con el dedo índice y froto un poco más fuerte. Bombeo el tapón del trasero al mismo tiempo hasta que la respiración se vuelve a acelerar.

—Suplícame —ordeno. Una sola palabra. Una que probablemente odie.

Sus muslos tiemblan. Está más mojada que un océano, pero detesto dejarla llegar al clímax todavía. Especialmente si no suplica por ello.

Camino hacia el frente del banco de nalgadas y me

desabrocho los pantalones. Ella levanta sus ojos gris azulados hacia mi cara con una expresión de lujuria y confusión en lucha.

—Compláceme, Selene, y te dejaré correrte

Cuando se humedece la boca con la punta de la lengua, libero mi polla y la froto sobre sus generosos labios. La lame alrededor de la cabeza con movimientos toscos, descoordinados, pues es más difícil sin el uso de las manos.

Entonces empujo dentro de la boca, joder. Sé que a muchos dominantes les place acrecentar el ritmo para que la sumisa no pueda seguirlo, por lo que se ahogará, se atragantará y se volverá temerosa. Yo no juego esos juegos y como quiero que disfrute complaciéndome, se lo pongo fácil, permitiendo que sumerja lentamente la boca, no demasiado profundamente.

Su entrenamiento aparece ahora que ahueca las mejillas y chupa con fuerza, arremolinando la lengua debajo de mi polla.

Un estremecimiento de placer me recorre hasta los talones.

Esta loba... me provoca esas cosas.

Agarro la parte posterior de su cabeza y follo su boca más deprisa.

—Buena chica. Qué buena polla, ¿no? Sigue así... sigue así. —El placer se apodera de mí mucho antes de lo esperable. Los ojos giran hacia atrás en mi cabeza—. Ya voy —advierto. Me corro en su boca y se traga mi esencia sin quejarse.

Acaricio su cabello hacia atrás, paso mi pulgar por su tersa mejilla.

—Buena chica —alabo—. Has complacido a tu maestro.

Levanta su mirada hacia la mía, firme. Hay una apelación tácita allí.

—Sí, te dejaré ahora, hermosa. Te mereces la recompensa.

No la libero de las esposas porque la quiero cautiva para esto. La acaricio en la espalda y la follo con el tapón varias veces antes de sacarlo. Luego lamo del clítoris al ano y viceversa sosteniendo sus muslos abiertos, deleitándome entre sus piernas, explorando sus pliegues, follándola con la lengua. Cuando gime, me detengo y le azoto el coño en cinco firmes asaltos.

Selene grita, gime, retorciéndose en los puños de cuero que aprisionan sus tobillos y muñecas.

Repito todo el asunto, primero tratándola con mi lengua, luego azotándola en el coño. Cuatro rondas más y solloza de placer.

—Por favor... Por favor, señor. Déjame correrme. Necesito correrme ahora. Por favor, no puedo soportarlo más —balbucea.

—¿Crees que mereces correrte ahora? —Le azoto el coño.

—¡Sí! Sí, señor.

La azoto de nuevo, tres veces más. Retuerzo el dedo dentro de su canal apretado y el dedo la folla.

—Puedes correrte, cariño. —Me las arreglo para sonar majestuoso. Imperial, incluso, pero en realidad me siento tan conmovido como ella; la lujuria se dispara por mis extremidades, a pesar del hecho de que acabo de correrme en su boca.

Ver a mi orgullosa y bellísima loba tan deshecha me excita más que cualquier cosa durante el último siglo.

Ten cuidado, Lucius, me digo. *No dejes que esta loba te obnubile. Pierde el enfoque y no sabrás la dirección de donde proviene el complot.*

La carne de Selene aprieta mi dedo como un torniquete,

sus muslos tiemblan cuando va y viene, su vientre se agita en el banco de cuero acolchado donde se frota los pechos desnudos con cada temblorosa respiración.

Reprimo un gemido.

Cuando ha terminado, la libero de las esposas, la envuelvo en una manta y la llevo a mi trono.

—¿Estás bien, cielo? —Me acomodo en el trono con mi preciada carga en el regazo.

La cabeza de Selene cae hacia atrás, con la boca curvada y los ojos nublados de felicidad.

—Todavía no estoy muerta.

Me río.

—Te consumiré como tú me consumes a mí, y si eres una mascota muy afortunada, ambos no moriremos de placer.

Fue un error mantenerla virgen. A pesar de todas sus fuerzas, no tiene defensas ante una seducción lenta.

Disfruto de su peso cálido. Se gira en mis brazos, murmura algo.

—¿Qué dijiste, cariño? —Aliso su cabello.

—No sabía que se sentiría así —susurra.

—¿Cómo se siente?

Sus labios dan forma a las palabras, pero apenas sale ningún sonido.

—Bien. Se siente bien.

Capítulo Seis

Selene

—Es casi el amanecer. Tenemos que irnos —me dice Lucius cuando me despierto en sus brazos.

—Perdí la noción del tiempo. —La noche parece haber durado un instante y una eternidad. Si no supiera quién es, pensaría que Lucius disfrutó abrazarme en su trono. Tampoco me deja caminar hasta el coche, y me vuelve a llevar en brazos hasta que se acomoda en el asiento aún abrazándome.

Las sombras juegan sobre sus rasgos patricios mientras el coche avanza. Incluso si no fuera el rey de los vampiros, Lucius sería todo un partido.

Su buen aspecto es parte de su poder, el fino filo de belleza es capaz de cortar profundamente. Ser yo el único foco de toda esa belleza y poder es una experiencia embriagadora. ¿Es esto lo que hace todas las noches? ¿Atar sumisas y deslumbrarlas?

Cuando le pregunto, sus labios se curvan, ya sea por mi pregunta o por mi descaro.

—No todas las noches. Y no necesito atar a nadie. Soy dominante con todos los que conozco.

—Lo sé. —Casi pongo los ojos en blanco, conteniéndome de ser una insolente—. Quise decir...

—Sé lo que quisiste decir, cielo —interrumpe y continúa suavemente—, Nunca antes había reservado el club para mi uso personal.

—Oh. —Intento ignorar el calor que me recorre. No puedo evitarlo. Me siento especial. Lucius parece divertido y mentalmente activo una alarma. No debería importarme lo que Lucius piense de mí. No debería estar así, relajada y feliz en sus brazos.

Trato de escurrirme de su agarre pero me aprieta. Sus labios encuentran mi oído.

—¿Te deslumbro? —Me acaricia el pelo.

—No —miento. Sus brazos me aprietan mientras se ríe. Ay, esa risa. Podría vivir en ella.

—Creo que sí.

Me muerdo el labio, deseando poder esconderme de él.

—¿Me hablarás de ella? ¿Tu amante vampira?

Lucius suspira y se reclina en el asiento llevándome con él. Durante unos minutos permanece en silencio, acariciándome el pelo como si fuera un gatito. Debería ponerme rígida y asustarme de estar atrapada en los brazos de un depredador enorme, pero no, a mi tonta loba le fascina la atención.

—Georgianna fue mi primera sumisa. Mi última. Ha habido otras sumisas que he empleado en el club, que he compartido con otros vampiros, pero ninguna como ella. La conocí cuando todavía era humana, pero aun como vampira, estaba tan viva. Tan llena de vida.

—¿Tú la convertiste en vampira?

—No. Ella le pertenecía a otro. —Sus labios se tuercen

en una mueca—. Se aprovechó de su dulce naturaleza y la convirtió.

Se me cierra la garganta. ¿Por qué pregunté? Obviamente amaba a Georgianna. Tal vez su muerte lo convirtió en el gobernante despiadado que es hoy.

—¿No lo aprobaste?

—No soy hipócrita. Yo la quería tanto como él, pero yo habría hecho las cosas de manera diferente. Crear un vampiro... requiere de un delicado equilibrio de poder porque son muy dependientes al principio. Tanto física como emocionalmente. —Mira por la ventana el paisaje que pasa—. Al principio, harán cualquier cosa para complacerte.

—¿Y más tarde?

Siento el cambio antes de que sus dedos se retiren de mi pelo. Ansiosa, quiero empujar su mano, suplicar en silencio por el regreso de su caricia.

—Eventualmente te odian. —Su tono es formal, distante —. Todo ese amor se acaba.

Cuando la limusina se detiene, el cielo sobre las montañas es más claro, la noche se difumina para dar paso al amanecer. Estamos hilando fino, pero a Lucius no parece importarle.

Ya en su casa, insiste en bañarme. Tiene la polla tan dura que le sobresale de su cuerpo, pero no hace ningún movimiento para satisfacerse. Lucius el gobernante deja paso a Lucius el buen dominante, cuidando consumadamente su cargo sin una pizca de crueldad o egoísmo. Me lava, me seca, me lleva a mi dormitorio. Me acuesta en la cama y extiende mi cabello sobre una toalla para que los mechones todavía húmedos no toquen la almohada; su máscara cariñosa nunca se cae.

Tengo que recordar que es un monstruo. Un asesino de

inocentes. No puedo olvidar lo que le hizo a mi familia, a mi manada.

Pero cuando estudio su rostro, no encuentro ningún atisbo de crueldad en las líneas patricias de sus rasgos. Me pasa las yemas de sus dedos ligeramente por el cuello y la frente, y caigo más profundamente bajo su hechizo. Mi mente se aferra al plan de venganza, pero mi cuerpo está demasiado dispuesto a olvidar.

—¿A cuántos has convertido en vampiros? —le pregunto mientras se tumba a mi lado, apoyando la cabeza en su mano izquierda, dejando su mano derecha libre para jugar con mi cabello.

—Demasiados para contarlos.

—¿Están todos aquí? ¿En Tucson?

—Sí. Me siguen. Al principio dependen de mi sangre para sobrevivir. Luego los privo de ella para que se independicen, pero los viejos hábitos son difíciles de erradicar.

—Vaya. No sabía que había tantos vampiros por aquí. —Tucson es grande, pero no tanto. Si Lucius ha convertido a tantos en innumerables vampiros y todos están aquí... ¿Cuántas kilómetros cuadrados necesita cada vampiro para cazar? ¿Dividen el territorio por distancia o población? ¿o por víctimas potenciales? De cualquier manera, es una maravilla que los humanos no se hayan enterado de su existencia. Extrañas desapariciones, cadáveres ensangrentados...

—No entiendes, cariño. No quedan muchos de mis vástagos.

—¿Por qué no?

—Te lo dije, cielo, se vuelven contra mí y no permito la insubordinación. Los traidores no viven mucho tiempo.

—Oh —digo débilmente—. Por supuesto que no.

Lucius continúa jugando con mi cabello como si estuviéramos hablando del clima. Toma un mechón y lo roza en mi mejilla, murmurando:

—¿Cómo crees que murió mi creador?

No puedo creerme que esté tumbada aquí al lado del rey vampiro hablando de muerte y política.

—Supongo que no te convertiste en rey por mandato de las masas   —murmuro.

Se ríe y sigue haciéndome cosquillas en la cara con el pelo.

—¿Qué le pasó a Georgianna? ¿Todavía está viva?

—No —dice Lucius, y aparta la mano.

Aprieto los labios juntos, reservándome más preguntas, y después de unos momentos él vuelve a acariciarme la frente.

Miro fijamente al techo. Afuera, el cielo se aclara y se torna azul marino. Las altas ventanas enmarcan una estrella brillante. La Venus. El lucero del alba. El amanecer se acerca y Lucius me dejará en cualquier momento.

De momento, parece contento de tumbarse a mi lado y observarme. ¿Es esto normal? ¿Soy tan fascinante? Dos mil años, su creador y su amante murieron en sus manos, junto con innumerables vampiros que engendró.

—Entonces, a lo largo de los años, de una forma u otra, ¿todos los que estuvieron cerca de ti han muerto?

El prolongado silencio es mi respuesta.

—Suena solitario —le digo mirando el techo.

—Cariño —su suspiro cruje en mi oído—. No tienes idea.

* * *

Selene

.   .   .

Durante los siguientes días, caigo en un sueño. Lucius debe de haber cerrado Club Toxic durante toda la semana, porque me ha llevado allí una y otra vez para entrenarme.

—Te voy a domar, cielo. Te pondré a tono...

Tal vez sea lo que me dijo de Georgianna o cuánto me parezco a ella, pero me encuentro esforzándome por la aprobación de Lucius, como si estuviera compitiendo con su primera sumisa.

No estoy celosa de su primer amor. No. Solo quiero seducir a Lucius como me seduce a mí.

Me digo a mí misma que soy inteligente porque estoy recabando información. Pero no he hecho ningún avance para encontrar una manera de bajarle la guardia. La única vez que lo hace es después de una escena, y no estoy en condiciones de clavarle una estaca durante el cuidado posterior. Ciertamente no se lo esperaría, pero no me encuentro en posición de vencerle mientras me recupero del éxtasis que ha desatado.

Hay momentos en los que Lucius me deja para dirigir su imperio, pero él me controla de antemano. Duermo cuando él se ha ido, y cuando me despierto, ya está conmigo, listo para volver al juego.

Una noche, después de una sesión embriagadora, me despierto con él cernido sobre mí.

—¿Qué...? —digo y me calla.

—Está bien, mi cielo. Tuviste una pesadilla. —Mi pregunta debe reflejarse en mi cara porque se explica—. Llorabas mientras dormías.

—Yo... —Trago saliva para mojarme la garganta—. ¿Lloraba?

—Bebe. —Me da un vaso de agua. A menudo me despierto y encuentro agua y chocolates en mi mesita de noche. Es su forma de cuidarme si no puede estar aquí cuando me despierto.

Bebo y me froto la cara, limpiando las telarañas de los rincones de mi mente. He tenido pesadillas desde que mataron a mi familia, pero nadie, ni siquiera mi madre adoptiva, entró en mi habitación para consolarme. Siempre he estado sola.

La cama se hunde con su gran cuerpo y me rodea, se enrosca alrededor del mío. Es tan imponente que quedo atrapada en su abrazo. Mis pies solo llegan a sus pantorrillas. Levanto la cabeza para mirarle.

—¿Qué haces?

—¿No puedo pasar la noche con mi subordinada? —Me quita el pelo del hombro desnudo y me besa el cuello. Su brazo izquierdo serpentea alrededor de mí, acercándome a él. Esto es una locura.

¿El rey vampiro quiere abrazarme? ¿En qué planeta estoy?

—Es hora de dormir —susurra—. No más monstruos debajo de tu cama. Soy el único monstruo aquí. —Hay un tono burlón en su voz—. Y no tienes que tener miedo de mí. No esta noche.

Cierro los ojos dispuesta a ignorar su presencia. No funciona. De pies a cabeza, su cuerpo me toca, e incluso si sale de mi cama más tarde, será lo primero que aparezca en mi mente cuando me levante, como es lo último en lo que pienso cuando caigo dormida.

Me estoy olvidando de odiarle.

Capítulo Siete

Selene

Al día siguiente, corro en mi forma de loba olfateando un viejo sendero de conejos cuando algo revolotea en mi cabeza. Un pedazo de papel vuela en la brisa. Atrapo el papel bajo mi pata. Mi cuerpo se pone tenso. Es una copia de una fotografía antigua que aun descolorida conserva las líneas de la imagen claras. Me agacho bajo un cactus, la loba gime. No puedo evitar acercar el papel y estudiarlo detenidamente, a pesar de que sé lo que muestra la fotografía porque la he visto mil veces. Xavier la había colgado en la pared del gimnasio donde me entrenaba. Cuando luchaba contra oponentes encapuchados hasta que me dolían los músculos, y caía, eventualmente siempre caía, miraba la imagen apretando los dientes. Soportaba una paliza noche tras noche, observando la fotografía de la masacre. Cojeaba hasta las duchas, me lavaba la sangre de la piel y caía en la cama sofocando un gemido. Me tumbaba allí con un moratón gigantesco, la fotografía grabada en el ojo de mi mente.

Hay cuerpos que yacen en una habitación, tendidos

donde cayeron. Recuerdo la habitación de la antigua cabaña Elk convertida en un centro comunitario, que era el lugar de reunión de la manada, con su vieja mesa de billar y un póster descolorido de Ansel Adams en la pared. Hay un lobo acurrucado alrededor de su pareja, protegiéndola incluso en la muerte. Hay otro frente a la cámara, con los ojos apagados, la garganta desgarrada.

Es la imagen de lo que Lucius le hizo a mi manada. No sé por qué los condenó a muerte. Xavier me dijo que solo unos pocos fueron tomados por su sangre. A los más jóvenes, los que más lucharon, Lucius los sacó de la logia y los mantuvo en su guarida privada, bebiendo la sangre de ellos hasta que murieron. Xavier no tiene fotos de eso, solo informes de testigos oculares.

La brisa tira del papel y le planto una pata en el medio. Xavier dejó esta imagen aquí para mí. Él y su gente me están observando ahora mismo. Él sabe que he sido débil. Sabe que necesito un recordatorio. No quiere que olvide por qué Lucius tiene que morir.

El viejo dolor me rompe el corazón, me envenena la sangre.

Empujo una roca sobre la foto para sostenerla mientras cavo un hoyo. Tengo que enterrar la evidencia de que Xavier estuvo aquí.

Una vez que la foto queda enterrada junto al cactus, regreso a mi dormitorio, me cambio y me pongo una camisa ceñida al cuerpo y un par de pantalones cortos holgados. En algún lugar de esta mansión, está la pista de la guarida de Lucius.

Los vampiros son inteligentes, reservados, veloces como víboras. Depredadores definitivos. Pero durante el día duermen como los muertos. Ya me he infiltrado en su casa, he desempeñado el papel de sumisa hasta que me deja libre y sin supervisión durante el día. Si puedo encontrar el sitio donde Lucius duerme, podría estacarlo. Mi misión podría terminar al atardecer.

Salgo de mi habitación y empiezo a merodear. Busco cámaras, paneles ocultos, cualquier cosa que pueda darme una pista sobre una entrada secreta a una habitación segura o una recámara subterránea. Deambulo por las habitaciones bien equipadas, me fijo en una elegante silla de madera. La agarro y le arranco la pata, luego uso un cuchillo de cocina para afilar una estaca.

Mientras camino por el pasillo, las cámaras rastrean mis movimientos. Después de unos minutos, mi búsqueda va a ser obvia. Lucius sabrá lo que hago. La loba está fuera y tendré que explicarle mis acciones a un rey ya paranoico. Si no le encuentro y le mato, esta noche mi vida estará perdida.

Será mejor que encuentre su guarida.

Investigo toda la tarde hasta que el sol se pone, un reloj natural de una cuenta regresiva. Para cuando la espesa y dorada luz del atardecer baña la mansión, he olvidado por completo la discreción. Doy vuelta las habitaciones, rasgo tapices y pinturas, paso los dedos por cada dintel, riel y pieza de moldura. Raspo en las paredes, saco libros de las estanterías, busco a tientas paneles falsos.

—Vamos, vamos. —Suspiro palpando detrás de una estantería con un ojo puesto en la ventana. Mi loba está frenética, a flor de piel, luchando para protegerme. Estoy en una carrera que estoy perdiendo con el sol moribundo.

Vampiros tan viejos como Lucius tienen más defensas que las habituales, me dijo Xavier una vez.

Lucius es viejo, pero ha abrazado los tiempos modernos. Tiene capas adicionales de protección, tecnología de todo tipo. Pero tal vez he confiado demasiado en encontrar los signos de seguridad tecnológica.

Al llegar al centro de una habitación, cierro los ojos y despliego mis sentidos. Mi loba está justo aquí, esperando para mostrarme el camino. Me pongo a cuatro patas y olfateo las esquinas de la habitación hasta que llego a la chimenea sin usar. He olfateado por aquí en forma de loba antes, pero algo me forzó a alejarme. Las defensas naturales de un vampiro, más antiguas que la tecnología, se comunican con la parte primordial de mí. *Vete*, dice el aroma alrededor de la chimenea. *Peligro aquí.* ¿Peligro o un vampiro?

Me arrastro hacia la chimenea ignorando la espeluznante sensación de hormigueo que me recorre la piel; busco una palanca, un ladrillo falso, cualquier cosa. No sé lo que toco, pero en un momento, quedo de pie frente a un ladrillo pintado, demasiado prístino para haber albergado una fogata, y al siguiente me deslizo por un túnel resbaladizo, con la boca abierta en un grito silencioso. Me paro y me incorporo erguida, tanteando ciegamente en el oscuro pasaje. Por encima de mi cabeza, la luz del dormitorio me guiña un ojo. He encontrado el pasadizo secreto a la guarida de Lucius. ¡Sí!

De pronto, el panel superior se cierra a presión, sellándome en la oscuridad.

Joder.

Salto y me meto en el túnel para poder golpear el panel. No se mueve. Cavo con los dedos alrededor del sello, buscando grietas. Nada.

Me pongo de pie y exploro el túnel sin luz, apretado y estrecho. ¿Podría caber aquí la gran contextura de Lucius? Extiendo los brazos y las piernas para medirlo. Es estrecho, pero el rey vampiro podría encajar. Al menos, eso espero. De lo contrario, he dado con un pasadizo falso. Una trampa.

A medida que los minutos transcurren, los muros parecen cerrarse y el aire es rancio, sofocante. Tengo un mal presentimiento. ¿Cuánto tiempo ha pasado? Seguramente ha anochecido y Lucius debe de estar despierto. Verá la destrucción que he causado en la mansión y entonces sabrá lo que sucede. Si me encuentra, estoy muerta.

Me dejo caer al suelo, acurrucándome sobre mis piernas. Tal vez no venga a por mí. Si sabe que soy una espía, podría dejarme aquí, en esta prisión oscura y sin aire. Un poco de espera, y ya no sería su problema. Solo tomaría tres días...

Cuando se hace la luz sobre mi cabeza, respiro de alivio cuando el aire fresco fluye en mi cara. Me levanto, me escabullo por el estrecho espacio, desesperada por la luz. Salgo del túnel, medio hiperventilando, medio llorando, y cruzo el umbral de la chimenea. Dulce libertad.

Alguien se aclara la garganta por encima de mí. Los pies descalzos de Lucius están a unos metros de distancia. Me pongo de pie y arremeto.

La estaca corta el aire. Lucius se aleja. Es tan veloz que me desequilibro. Una gran mano se engancha alrededor de mi pierna y me derrumba. Me da una patada en la muñeca y dejo caer mi arma. Patea la estaca que rueda hacia la chimenea y desaparece en la trampa con un estrépito.

Me tumbo en la alfombra como un pez capturado, entrecierro los ojos contra la luz brillante. Ya no es de día. El sol se ha puesto. Se me acaba el tiempo.

Lucius se inclina sobre mí.

—Has estado muy ocupada, pequeña mascota —murmura sin ningún rastro de gracia—. Has metido tu linda nariz donde no debes. ¿Cómo te castigaré? —La frialdad en su tono me estremece.

Jadeo en la alfombra. Jugué mi carta, ya sabe que soy su enemiga.

Estoy tan jodida.

. . .

* * *

Lucius

Mi dulce mascota tiembla en el suelo. Las últimas noches, he sido testigo de esta posición a menudo, cuando ella se regodea en el éxtasis y descansa a mis pies. El sadomasoquismo es un juego donde todos ganan.

Sin embargo, esta noche, no es un juego. Sabía que Selene llegó aquí por algún motivo, pero no pensé que sería tan descarada como para creer que podría vencerme.

Ahora lo sé. La farsa ha terminado.

—Me siento halagado, cariño. Te has tomado tantas molestias para encontrarme. —Lanzo una mirada burlona sobre la destrucción de la habitación.

Selene se tumba de espaldas y me mira. Una luchadora hasta el final.

—Acaba con esto.

—¿Qué crees que voy a hacer?

Se encoge de hombros y se pone en cuclillas. Incluso de pie, no sería rival para mí, y lo sabe.

—No lo sé. ¿Matarme? ¿Torturarme?

—Así que esperas a la Inquisición española, cariño. —Sonrío cuando hago referencia a su broma de los Monty Python.

Selene no sonríe.

—Tal vez te torture. Voy a averiguar la verdadera razón por la que estás aquí, pero un vampiro contra una metamorfa no es tan fácil. —Inclino la cabeza hacia un lado—. ¿Quién te ha metido en esto?

—Nadie —gruñe.

—¿Nadie? —Por muy lista que sea Selene, la subasta, el hecho de que haya ofertado por una mujer que se parece a mi Georgiana, todo el plan señala a un vampiro. Mi creador tiene que estar detrás junto con Xavier—. ¿Entonces quieres matarme? ¿Por qué?

—Venganza.

Me provoca una pausa.

—¿Venganza?

—Por los que mataste.

—Ah, cariño, tendrás que ser más específica —me burlo —. Soy muy viejo, he tenido muchas víctimas. ¿Son humanos los que he matado? ¿Bebí su sangre antes?

—Vete a la mierda —espeta, poniéndose de pie. Su mirada se dirige anhelante a la chimenea, deseando recuperar la estaca.

—Quizás más tarde. De momento, me apetece un juego. —Doy un paso atrás y me desabotono la camisa.

Selene se queda inmóvil, lista para huir.

—¿Qué haces?

—Preparándome para el juego. —Me quito la camisa.

—¿Qué juego?

—¿Has oído hablar del juego de derribo? ¿No? No importa, cielo. Es muy simple. Tú corres y yo te atrapo, y cuando te atrapo, gano. ¿Estás lista?

Su cabeza se mueve de un lado a otro. Con los ojos muy abiertos, retrocede.

—Es una pena. Es hora —le digo, y cuando hace una pausa, siseo—: ¡Corre!

Con la cara desencajada, se lanza hacia la puerta. Le doy ventaja, esperando hasta que llegue a la salida para acecharla. Sus pálidas piernas destellan por el pasillo y se deslizan hacia la sala de estar. Con una ráfaga de velocidad de vampiro, la veo correr por la casa. Cuando llega a las puertas dobles francesas, está casi a cuatro patas. Una loba blanca cruza el patio y se adentra en el desierto. Un pálido destello de pelaje se dirige hacia la cordillera. Sigo, alternativamente caminando y difuminándome con una velocidad sobrenatural. Selene corre, pero nunca aumenta la distancia entre nosotros.

Puedo decir el momento en que se da cuenta de que no puede escapar de mí, porque disminuye la velocidad y apunta su hocico hacia mí. El sentido común se impone.

Me acerco. Los metamorfos son veloces, pero los vampiros somos más veloces. Corro tan deprisa que desaparezco, pero ella se lo espera. En el último segundo, me esquiva, agachándose bajo un cactus. La pierdo, pero algo me dice que esconderse bajo una planta llena de espinas no es el movimiento más inteligente.

Acecho alrededor del saguaro y la encuentro lloriqueando en el suelo con espinas clavadas donde rozó al cactus barril.

Al verla herida, se me pasa la rabia.

—Pobre mascota —espeto. Lucha cuando me agacho a su lado, pero después de chasquear los dedos, se queda quieta. Le saco las afiladas espinas de cactus. Busco a través de su grueso pelaje para encontrar cada una, mientras la loba yace dócil como un golden retriever.

—Transfórmate —ordeno, y lo hace, de vuelta a la forma humana. Su piel ya comienza a sanarse. Selene se pone en cuclillas y grita, levantándose del suelo—. Vaya —me inclino y le quito una espina de la cadera—. Me perdí una. ¿Estás herida?

—Solo es una herida de la carne —murmura.

Incluso cuando me enfada, me hace reír. Le paso una mano por el flanco, buscando más espinas.

—Detente. —Se aparta de mi alcance.

—¿Disculpa? —Mi voz es peligrosamente baja.

—Solo detente. —Agacha la cabeza. Sabe que ha sido descarada—. Deja de ser tan amable conmigo.

Ah. Mis acciones la confunden. Bien.

—Me decepcionaste, cielo. —Me limpio las manos—. Y vas a pagarlo.

Sus ojos brillan. No la he intimidado, ni mucho menos.

—¿Qué me harás?

Le tomo la barbilla.

—No te preocupes, cariño. No te voy a matar. Eres demasiado divertida.

Retuerce la cara con una mueca e intenta apartarse. Le pongo ambas manos alrededor de la cabeza y ella dice:

—Haz lo que puedas.

—Oh, lo haré —prometo—. Pero no quiero lastimarte más de lo que puedas soportar. ¿Sabes por qué?

—Porque eres un maldito enfermo —murmura con la mirada perdida.

—Quizás. Pero tú, Selene, me intrigas. No quieres someterte, y sin embargo lo haces.

—Eso no es verdad. Es una actuación.

—No lo es. Es lo que eres.

—No me conoces. No sabes quién soy. Lo que soy.

—Razón de más para mantenerte viva. Me contarás tus secretos, uno por uno.

—Podrías borrarme la memoria. Haz que te ame. Entonces se acabaría.

—Te dije que nunca lo haría. Cumplo mis promesas, cariño.

Selene cierra los ojos, se ve tan cansada como yo. Alguien debe haberla metido en este plan, y ese alguien debería pagar.

—Eres tan joven, cariño. Demasiado joven para estar tan hastiada. Inocente...

—Nunca te amaré —espeta.

Mis ojos se abren de par en par.

—¿Amar, cielo? Nunca dije nada sobre el amor. He vivido dos mil años en esta tierra, la mayoría como una criatura de la oscuridad. Todos los que he amado han muerto. El amor no es nada. Es fugaz. Es emoción. Al final, todo se convierte en polvo. Todo.

—Excepto tú —dice levantándose con dificultad—. Vives una y otra y otra vez.

Debería corregir su descaro, pero tiene razón.

—Deberías dejar que te mate, Lucius. Sería misericordioso.

Es tan sincera que me echo a reír.

—Eres refrescante, cariño. La primera en convencerme que termine con mi vida debido a mi... ¿Cuál es la palabra...? ¿Hastío?

—No eres feliz —insiste—. Estás harto de vivir. Cualquiera puede verlo. Después de un tiempo, ¿qué sentido tiene?

—Vivir. Vivir es el sentido.

—Una vida sin amor —dice—. ¿Vale la pena?

—No. No. Pero el amor no es nada. Un color en el cielo antes del amanecer. Hermoso, pero fugaz. Se disipa tan deprisa como viene.

—Como los humanos. Como nosotros los metamorfos. —Sus ojos se cierran de nuevo, el dolor le arruga su rostro. Es tan joven para ser consciente de la muerte. Para no tener miedo frente a ella.

—¿Qué se siente tener un propósito?

Ella abre los ojos.

—Solitario. De alguna manera estoy tan sola como tú.

—Qué honestidad. —Sacudo la cabeza con asombro.

—Bueno, pensé que estaba a punto de morir. —Su mirada se desliza hacia mí como si todavía estuviera esperando que le asestara el golpe mortal. En cambio, agarro firmemente su cabello, echando su cabeza hacia atrás.

—Todas las criaturas están cerca de la muerte. Eres mortal. La muerte es sólo cuestión de tiempo. Ahora, dime. ¿Por qué intentas matarme? ¿Quién te puso a ello?

Selene aprieta los labios juntos.

—Te lo sacaré —le digo gentilmente—. De una forma u otra.

—Podrías obligarme —me mira directamente a los ojos. Tan atrevida.

—Te dije que no te obligaría. Cumplo mis promesas. —Para que no piense que soy todo altruismo, agrego—: Además, si te obligo, nuestro juego ha terminado. ¿Dónde está la diversión en eso? —Tiro de su cabello, usándolo como una correa y la hago avanzar.

Permanece callada todo el camino por la casa. Dócil como un cordero. La mayoría de los animales aceptan su destino cuando un depredador más grande los atrapa. Selene no es alguien que acepte, sospecho que siente curiosidad por lo que voy a hacer.

La encadeno a una columna del patio y luego entro a disponer los preparativos. No es hasta que la tengo acostada boca arriba, atada a una mesa, que vuelve a hablar.

—¿Por qué creaste tantos vampiros si siempre se van a volver contra ti?

—Porque, cielo, como tanto te gusta recordarme, estoy solo. A pesar de la verdad que te he dicho sobre el amor, tengo la esperanza de que algún día una familia me ame.

—Eso es triste. —Baja la mirada, tal vez dándose cuenta

de que yo no sería tan honesto si ella tuviera más tiempo de vida—. ¿Estás molesto por lo que he hecho?

—¿Qué? —Inhalo, luchando contra el impulso de volver a reír—. No, cariño. Supe desde el principio que te plantaron para traicionarme.

—¿Desde la subasta? —Parece horrorizada.

—Por supuesto.

—Entonces, ¿por qué ofertaste?

—Parecía que sería divertido.

—¿Así que es todo lo que soy? ¿Un poco de entretenimiento?

—Sí. —Ladeo la cabeza, recuerdo lo que soltó antes. *Nunca te amaré*—. ¿Por qué? ¿Pensaste que podrías ser más?

—No —murmura y se relaja, flácida y obediente mientras conecto un electroestimulador, comprobando el flujo de energía en mi propia piel. Si piensa que esta noche será divertida, le espera una gran sorpresa.

Cuando doy un paso atrás, las comisuras de su boca se levantan.

—¿Por qué sonríes, cariño?

—Por que... —Sus hombros se hunden mientras suspira —. He hecho lo que vine a hacer.

—¿Matarme?

—O morir en el intento.

—Todavía no has muerto —le señalo.

—Espero que te encargues de eso, pronto.

—Oh, no, cielo. —Levanto el electroestimulador con cables de plomo colgantes y lo sacudo frente a sus grandes ojos—. No te lo voy a poner tan fácil.

Capítulo Ocho

elene
    Me recuesto intentando relajarme mientras Lucius me coloca parches en los brazos. Es solo una tortura. Me la esperaba.

—Comencemos con algo fácil —murmura y sostiene la caja cuadrada justo donde puedo ver cada botón. Gira el dial y la electricidad se dispara bajo el parche. *Respira, solo respira.* Si me relajo, la sensación no dolerá tanto, ni siquiera cuando aumente la potencia y el brazo se contraiga.

Me coloca más parches en las caderas, en la parte superior de las piernas. Las ataduras me impiden juntar las piernas, pero Lucius ignora la carne tierna y sensible de mis muslos... por ahora. La corriente va de la nada al voltaje más alto, provocándome sacudidas. Los músculos se contraen, sufren espasmos y finalmente se relajan, abrumados por la corriente. Evita cualquier lugar sensible que haya sido herido por las espinas del cactus y estimula los músculos grandes. No me duele, en realidad se siente bien, como un masaje.

Tras unos minutos de acostumbrarme al zumbido sobre

la piel, mueve los electrodos y me cubre los pezones con parches.

—Esto debería ser interesante. —La primera oleada se dispara directamente a la entrepierna y detona allí.

—Vete a la mierda —echo la cabeza hacia atrás, apretando los dientes.

—No, cariño. No hasta que te lo ganes. —Lucius no está jugando. Acerca los electrodos a mis labios. Me late el coño, hinchado y dolorido. Cada pulso de electricidad produce espasmos en mis músculos internos—. Tan húmedo —dice Lucius—. Me pregunto... —El zumbido llega en ráfagas, hormigueando en mis zonas erógenas, aumentando mi excitación. Para cuando apaga el electroestimulador, me quedo gimiendo, con las caderas que se mueven, impotentes. No sé si quiero que se detenga o me aplique más...

—Mírate —murmura, pasando un dedo por la zona empapada entre mis piernas—. Te encanta esto. —Juguetea con el clítoris, observando mi cara atentamente.

—Detente... —susurro.

—¿Por qué, cielo? ¿Porque te duele? ¿O porque te gusta?

Me muerdo el labio para no contestarle: *ambos*. Su risa oscura me eriza el vello de los brazos. Me pone el dispositivo delante de mi cara para que pueda verle girar el dial. La corriente zumba a lo largo de los labios de los genitales, hinchándolos; mi cuerpo percibe la corriente eléctrica como dolorosamente placentera, respondiendo a la estimulación. El clítoris es un pararrayos. Otro minuto, y el clímax se apodera de mí y el cerebro se me queda en blanco.

Mueve uno de los parches entre las nalgas, cubriendo el sensible agujero trasero. Me aprieto, la cara me arde a medida que el orgasmo aumenta.

—No...

—¿Te gusta? —pregunta.

En vano, aprieto los labios. Otra ronda que termina en orgasmo y quedo gimiendo.

—Intentemos algo diferente. —Agarra una varita violeta con un tubo de cristal y se toma su tiempo para darme descargas. Mis pechos se hinchan.

¿Me tortura o me lleva a un nuevo nivel de placer? Subo en espiral, más y más alto, pero cuanto más alto vaya, más caeré.

—¿Por qué estás aquí? —murmura, interrumpiendo las descargas—. ¿Quién te puso a ello? ¿Por qué quieres matarme?

—Mataste a mi manada —espeto.

—¿Tu manada? —repite frunciendo el ceño.

¿Lo dice en serio? Me retuerzo en las ataduras. Nunca he querido tanto decapitar a un vampiro.

—¿No te acuerdas? Sé que eres un monstruo, pero olvidarte de toda una masacre...

—Cállate. —Lucius se pasea al pie de la mesa, haciendo una pausa para tamborilear sus dedos entre mis pies atados—. ¿Dices que maté a toda tu manada? ¿Cómo murieron?

—Sacrificados en su territorio. En la casa del club, otros en sus casas. —Mi familia también, pero no los menciono.

—Nunca he matado a una manada entera. Un hombre lobo, tal vez. O varios, en una pelea, pero solo porque estaban esclavizados por un vampiro y atacaron primero.

Aprieto los dientes, tirando de las esposas. Las lágrimas me queman los ojos, pero me niego a dejarlas caer, a mostrar debilidad frente a este monstruo. De alguna manera, es peor que no reconozca lo que ha hecho.

—Los mataste.

—¿Quién te dijo eso?

Niego con la cabeza.

—¿Tenía pruebas?

—Sí.

—¿Pruebas de que fui yo y no otro? ¿Otro vampiro? —Lucius rodea la mesa, hasta llegar a pararse junto a mi cabeza.

Le miro fijamente.

—Fuiste tú. —Tiene que serlo. ¿Qué razón tendría Xavier para mentir?

—Piénsalo —aconseja en voz baja. Sus dedos recorren mi seno, acariciando el valle entre mis pechos. Debería despotricar, deshacerme de su contacto, pero arqueo la espalda, empujando los pechos hacia arriba, suplicándole por el placer que él puede darme—. No mato inocentes.

—Mientes. —Lucho ante la deliciosa sensación.

—No tengo ninguna razón para mentir, Selene —continúa, perfectamente razonable—. ¿Por qué eliminaría una manada entera y lo encubriría?

—No lo sé. Eres un maldito enfermo.

—Vaya insolencia de alguien conectado a un electroestimulador. Te diré algo, cariño. Compláceme esta noche y te daré el número de Declan y un teléfono para llamarle. Podrás saber lo que ha recabado.

Niego con la cabeza.

—No sé a qué juego estás jugando, pero no funcionará.

—No estoy jugando un juego. Estoy jugando contigo.

Durante los siguientes minutos, juega conmigo arrancándome un clímax tras otro de mi resistente cuerpo. Se arrodilla junto a la mesa, manteniendo su rostro cerca de mí, mientras me retuerzo desnuda.

No es hasta que me da un descanso, apaga la corriente eléctrica y quita todos los electrodos, antes de darme un trago de agua, que le digo:

—Declan no encontrará nada sobre mi manada. Todos murieron. Alguien los mató.

Lucius me ofrece otro sorbo de agua, sosteniendo la botella para mí, limpiando las gotas derramadas de mis labios.

—Declan y sus amigos son muy buenos averiguando la verdad. Al menos, siempre meten sus narices en líos. Puedes hablar con ellos más tarde.

—Si sobrevivo a esta noche —jadeo.

—Sí. —Los oscuros ojos de Lucius brillan, pero no intenta matarme como Xavier me dijo que haría.

Si hubiera atacado a Xavier como ataqué a Lucius, estaría muerto.

—¿Bebiste bastante agua? —pregunta. Asiento y giro la cabeza para ocultar una sonrisa. Hasta cuando me "tortura" me mantiene hidratada—. ¿Por qué sonríes?

—Nada. Eres muy buen dominante.

—Sí —se inclina hacia mí—, nunca rompo mis juguetes. No cuando son tan divertidos. Ahora, dime. —El atisbo de picardía se desvanece, volvemos al ruedo—. ¿Cómo llegaste a la subasta, Selene?

Cierro los ojos. No puedo traicionar a mi mentor.

—Me lo dirás —jura Lucius. No lo consigue, pero hace lo que puede.

—¿Me odias? —jadeo cuando se toma otro descanso. Esta vez me suelta los brazos y las piernas, les da un buen masaje antes de volver a atarme.

—No, cielo. No te odio.

—¿Entonces, qué? ¿Qué harás conmigo?

Levanta la varita violeta y pasa un dedo por la bombilla crepitante. Con las luces bajas y su rostro iluminado por el misterioso resplandor de la varita, parece un científico loco.

—Te lo dije desde el principio. Te voy a hacer mía.

. . .

* * *

Lucius

—No, no, no —gime Selene. Es tan fuerte, pero después de horas de orgasmos interminables, hasta la sumisa más resistente puede quebrarse.

—Tómalo, cariño. —Giro el consolador en ella, subo la intensidad del electroestimulador al que está conectado, estimulándola profundamente.

—No. —Deja caer la cabeza con lágrimas corriendo por su rostro—. No puedo.

—Todavía no estás muerta —repito el chiste de Monty Python, y le robo otro clímax de su cuerpo reacio.

—¿Alguien ha muerto por demasiados orgasmos? —murmura. Le cepillo el pelo hacia atrás y le hago beber un vaso de agua antes de dedicarle una sonrisa cruel.

—Vamos a averiguarlo.

El cielo comienza a iluminarse. Falta una hora para que amanezca y necesito encerrarme en mi cripta mucho antes.

Seco a Selene con una toalla y la libero de la mesa, acercándome a su lado para ayudarla a llegar hasta los puntales que he colocado frente a las puertas abiertas del patio.

Se inclina hacia mí con la cara tersa y brillante. Tan sumisa. Su obediencia se esconde bajo su duro exterior, esperando un dominante lo suficientemente fuerte como para desbloquear su verdadero yo. Ese dominante soy yo.

No se resite mientras la coloco en una unidad de cuero y le aseguro las muñecas y los tobillos.

—Estas ataduras se desbloquearán automáticamente en un momento determinado.

—¿Qué es esto? —Parpadea al ver el semicírculo liso entre sus piernas.

—Un Sybian.

Sus ojos se abren de par en par cuando reconoce el nombre de la marca. Básicamente está sentada en un vibrador gigante, y lo sabe.

—Ahora —me pongo en cuclillas frente a ella—. Jugaré un pequeño juego contigo. Te vas a sentar aquí y... —me detengo mientras mueve la cabeza de un lado al otro.

—No puedo...

—Mmm —pretendo pensar—. Entonces, ¿qué tal esto? Dime para quién trabajas. Dímelo e iré tras ellos. Puedes tumbarte y echarte una siesta...

—¿Me torturas con orgasmos?

Sonrío.

—No lo esperabas, ¿verdad?

—Sí, bueno. Nadie espera una tortura de orgasmos.

Agacho la cabeza para ocultar mi sonrisa, me tomo un momento para revisar sus ataduras, haciéndola mover los dedos de las manos y los pies, probando su circulación.

—Lucius —se queja mientras me levanto—. No puedo hacerlo.

—Lo sé, cariño, lo sé. Es muy difícil. —Me burlo de ella. Estoy siendo tolerante con ella y ella lo sabe. Todo entre nosotros es un juego—. Pero es para lo que te apuntaste, ¿no? Noche tras noche, a mi merced.

—Me siento como Sheherazade —murmura—. En lugar de un cuento, tengo que venir por ti.

—¿Eso me convierte en un sultán loco? —Me acaricio la barbilla riéndome de la mirada que me da. Selene me hace reír más en un solo día que en un siglo.

—Eres malvado.

—¿Cómo debo comportarme cuando descubro que conspiraste para asesinarme? ¿Creías que podías entrar y encontrar mi guarida secreta? ¿Pensaste que sería tan fácil?

Selene se muerde el labio y continúo:

—No te sientas mal. Sabía que conspirabas contra mí.

—¿Lo sabías?

—Por supuesto. Todo era tan obvio: tu parecido con Georgianna, la subasta. ¿Qué otra cosa podrías ser sino una infiltrada?

—Si lo supiste, ¿por qué...?

—¿Por qué, qué, Selene?

—¿Por qué te tomaste tantas molestias? —Sacude las manos en las ataduras—. Para traerme aquí. Para entrenarme. Para hacerme que me enamo...

—¿Hacerte qué?

—Hacer que goce. Con todas estas cosas tan intensas, haz logrado que las disfrute. Me has hecho sentir bien.

—¿Lo he hecho? Supongo que no pude resistirme a dominarte de esta manera. Luchas tan deliciosamente, y al final...

—¿Pierdo?

—Oh, no, cielo. Tú ganas. Ambos ganamos. —Levanto el control remoto del Sybian y acciono el interruptor. La estimulación cobra vida con un zumbido sutil.

—No, Lucius —Selene se retuerce en el asiento de cuero, jadeando—. No puedo.

—Dime para quién trabajas. Quién te inscribió en la subasta y planeó todo.

Selene sacude la cabeza y aumento la potencia de las vibraciones. Echa la cabeza hacia atrás en un grito, el pecho se enrojece con un clímax tras otro. La dejo unos minutos y regreso con dos juguetes más.

—Oh, gracias —solloza cuando la libero, dándole el tiempo suficiente para beber un poco de agua y comer algo. Se resiste cuando la llevo de vuelta a la unidad, gimiendo cuando ve los dos consoladores que he colocado en la parte superior. La doble penetración redoblaará mucho más la tortura.

—Ahora, cielo, se supone que esto no es divertido.

—Eres malvado —jadea, hundiéndose. Su cara se pone tensa cuando los consoladores desaparecen en su coño y culo.

—Eres buena —murmuro—. Tan, tan, buena. Ahora, —me agacho frente a ella— vamos a jugar un pequeño juego. Voy a retirarme por hoy y dejarte así   —Selene gime y levanto la voz—. Porque quiero que experimentes algo que yo no puedo.

—¿Qué es? —Su voz es aguda, asustada. Piensa que la dejaré en el Sybian toda la noche.

No lo haré. No soy tan cruel. Tengo un temporizador configurado para que la máquina se apague y los enlaces se liberen en una hora.

—Quiero que veas el amanecer.

Se queda quieta, con los ojos muy abiertos.

—Eso es lo que haría si estuviera vivo. Nunca me perdería otro amanecer.

Está tensa, temblando, con el cuerpo atormentado por el clímax. Peino su cabello hacia atrás con los dedos y le acaricio el cuello. Su pulso late bajo mi palma.

—Disfrútalo, cariño. Tu vida es corta, pero al menos tienes el amanecer.

Y la dejo presenciar lo que yo no puedo.

* * *

Selene

. . .

Tiro y tiro, pero no sirve de nada. Los lazos se mantienen firmes. Podría roer mi propio brazo, por supuesto. Si estuviera en una situación más espantosa, lo haría, pero algo me dice que Lucius no miente cuando dice que no me matará... todavía. Esto es un juego para él. Disfruta demasiado de causarme dolor. ¿Por qué me dejaría atada a un Sybian después de obligarme a tener un orgasmo una y otra vez?

Ha pasado aproximadamente media hora desde que se fue. Me duelen los músculos internos te tanto contraerse. Tengo el clítoris en carne viva de tanto mover las caderas sobre el maldito consolador. Entre mis piernas, la máquina zumba. Está en un posición donde las vibraciones aumentan y disminuyen en las oleadas. Tengo unos segundos de alivio antes de que mi orgasmo vuelva a alcanzar otro pico doloroso.

Contemplar el amanecer. Es ridículo. Lucius está loco. La vejez lleva a estos vampiros a la locura.

Me inclino hacia adelante, deseando poder quitarme los consoladores. Tenerlos vibrando dentro de mí solo me recuerda que Lucius no me ha follado. Todavía no. ¿Qué demonios espera?

Más allá del patio, el desierto de Tucson se extiende en un amasijo de creosol y cactus aún iluminados por la luna.

Una liebre salta por el patio y vacila, con las orejas en alto y temblorosas.

—Vete —ordeno. Es todo lo que necesito, un conejo asesino de Caerbannog presenciando mi estado humillante —. Lo digo en serio. No me hagas ir allí...   —Tartamudeo cuando el Sybian cobra vida. Esta vez las vibraciones aumentan rápidamente y gimo. Aprieto las piernas, el coño dolorido convulsiona. Tengo los labios entumecidos. Si llego al amanecer, tendré suerte si puedo caminar.

Cuando vuelvo a mirar, el conejo se ha ido, desapareció

en el desierto. Los picos de las montañas se tiñen de azul claro, resplandeciendo con la luz del alba que se aproxima.

Disfruta el amanecer.

¿Tanto lo echa de menos Lucius? ¿Cómo me sentiría si nunca pudiera ver otro amanecer? ¿Nunca volver a presenciar la puesta de sol o la belleza de la luz del día? Observo cómo amanece fingiendo que es la última vez que veré uno. Memorizándolo.

El primer resplandor de luz solar es leve en la cara de la montaña. Los pájaros cantan. Unos pocos revolotean desde sus posaderas, a salvo de los depredadores a la luz de la mañana. La tierra se calienta y el desierto rojo cobra vida. Las sombras se encogen en charcos de rica oscuridad que se extienden desde los saguaros. Durante el calor del día, esas sombras serán bienvenidas, lugares frescos para descansar, pero ahora la oscuridad huye, la noche se retira, el amanecer limpia el mundo con luz y cantos de pájaros. Este milagro que ocurre todos los días es cualquier cosa menos ordinario. Ser forzada a contemplarlo casi me hace sentir agradecida con el maldito vampiro.

Casi. Cuando el sol alcanza las cumbres de las montañas, jadeo durante otro orgasmo.

De repente, el Sybian se queda en silencio.

Los pájaros siguen cantando. La liebre salta entre dos cactus de barril, olisqueando sus frutos.

Detrás de mí, la mansión está vacía, su amo encerrado a salvo en su guarida. Lucius nunca ha contemplado este glorioso espectáculo que es el amanecer de Tucson en sus dos mil años de noche interminable. Una existencia solitaria en la oscuridad.

Las cerraduras de mis esposas se abren. Soy libre.

Gracias al cielo, Lucius es un rey misericordioso. Al menos para mí.

Me alejo del Sybian, el grito de mis músculos se desvanece en comparación con el peso en mi corazón.

Y ahí es cuando lo sé.

No odio a Lucius Frangelico.

* * *

Me duelen los músculos mientras tomo una breve ducha. Sería bueno llenar la bañera y sumergirme, pero ya estoy perdiendo el tiempo.

Tengo que salir de aquí. Lucius sabe que vine para matarle. Dice que no me matará, pero quién sabe qué clase de juegos juega.

Todo es tan retorcido, confuso. Mi enemigo no es quien pensaba que era. ¿O he perdido toda perspectiva?

Me visto con vaqueros y una camiseta, agarro una bolsa para empacar algunas cosas cuando lo veo. En la mesita de noche que antes estaba vacía me ha dejado un teléfono negro, de aspecto básico, no es un teléfono inteligente de alta gama, pero apuesto a que es imposible de rastrear. Lucius cumple sus promesas. *Cumplo mis promesas, cariño.*

Hay un número guardado. El de Declan.

Presiono el móvil contra mi boca. ¿Llamar o no llamar? Podría irme, correr hasta Xavier, decirle que le fallé. No puedo matar a Lucius.

Quiero decir... No lo haré.

Incluso si pudiera, aunque no estoy segura de que sea posible, no me atrevería.

Xavier no me perdonará mi fracaso.

Podría huir lejos y esperar que mi camino nunca vuelva a cruzarse con el de un vampiro.

O... Podría quedarme.

Podría quedarme con el rey vampiro, el gobernante supuestamente cruel y definitivamente dominante que me ha mostrado más cuidado y amabilidad de los que he tenido en años.

Mi cuerpo le anhela aun después de lo que me ha hecho. Especialmente después de lo que me ha hecho.

Pulso el botón de llamada y aparto el teléfono antes de que pueda cambiar de opinión. ¿Cuál es el punto de llamar a Declan? ¿Por qué querría que investigara a mi manada? Si de alguna manera Declan me confirma que Lucius no fue... ¿Qué haré?

Estúpida. Debería cortar la llamada. Agarro el teléfono justo cuando Declan contesta.

—¿Hola? —La voz del irlandés es tensa.

—Habla Selene.

—¡Jesús! Pensé que eras Frangelico, llamándome de día. Casi se me para el corazón.

No puedo evitar una sonrisa.

—No, soy solo yo, soy la... —¿Una subordinada de Lucius? ¿La amante? ¿La mascota? ¿Una esclava? Hago una mueca.

—Sé quién eres, muchacha. —Me salva Declan—. Frangelico me llamó antes, me dijo que la investigación era para ti. Puedo decirte lo que hemos conseguido hasta ahora, si quieres.

—Yo... —La cámara de la esquina me llama la atención—. Sí. Um, primero necesito hacer algo. ¿Puedo volver a llamarte en diez minutos?

Diez minutos después, salgo a hurtadillas de la mansión. El desierto no me da mucha señal para el teléfono, pero salgo de la casa y me alejo de los guardias sin ser vista, y me dirijo montaña abajo. Cuando vuelvo a llamar a Declan, me pregunta dónde estoy y si tengo hambre. Y así es como termino en una hamburguesería In-N-Out con Declan, Parker y Laurie. El trío es tan extraño como recuerdo. Posiblemente más raro.

Se pelean por papas fritas y paquetes de salsa durante diez minutos antes de que me aclare la garganta.

—Correcto, muchacha. —Declan se inclina hacia adelante. Los tres se metieron en asientos frente a mí. Lo mejor para robar la comida del otro, supongo—. Tu manada.

—Shhh —advierte Laurie.

—Lo siento —dice Declan en un susurro exagerado—. Obtuvimos el archivo de la subasta. Rastreé la dirección, pero era falsa.

Yo lo sabía. Xavier cubriría mis huellas.

—Así que le preguntamos a los esclavistas de turno. Tipos realmente desagradables. No querían decirnos nada, pero investigamos un poco y encontramos tu certificado de nacimiento. Selene Black de la manada Black Pine. —Suelta un documento. Me concentro en los nombres de mis padres.

No lo puedo creer. Lucius tenía razón, estos tipos son buenos.

—A partir de ahí fue fácil —continúa Parker—. Las noticias humanas captaron la masacre. Un grupo tuvo que entrar y limpiar los rastros, comprar al forense y tomar posesión de los cuerpos. Lo caratularon como asesinato en masa. Afortunadamente, no había demasiadas marcas de colmillos para pasar como pistas o lo que sea. El vampiro que mató a tu manada tenía prisa y fue descuidado. Se alimentó de ellos, los dejó donde estaban.

—¿Estás bien? —Laurie pregunta, extendiendo una mano cerca de la mía sin tocarme.

—Sí —encuentro mi voz—. Ya lo sabía. Tengo una foto de la casa del club de... después.

—Correcto —dijo Declan después de una larga pausa—. Bueno, pensamos que nos extenderíamos en un radio más amplio. Entrevisté a otras manadas de zonas cercanas, para averiguar si alguien sabía lo que sucedió.

—Sí. Suena bien. —Me cubro la boca con la mano.

—Lo-lo siento por tu-tu pérdida —tartamudea Laurie gentilmente.

Sacudo la cabeza.

—Fue hace mucho tiempo. ¿Creen que..?. —Trago saliva—. ¿Creen que podrían averiguar qué le pasó a mi familia también si les digo la fecha en que murió?. —Laurie se ve aún más afectado. Declan mira fijamente la mesa.

—¿Recuerdas algo de esa noche? —Parker me pregunta.

Un destello de dolor me irrita la sien.

—No. —Me froto la cabeza—. Nada. Ha sido traumático. Por lo general, me duele la cabeza cuando intento recordar.

Declan y Parker intercambian miradas.

—Crees... —Me recupero antes de perder los nervios—. ¿Crees que puedes descubrir al vampiro que hizo esto?

—No lo sé, muchacha —dice Declan sombríamente, apretando la mandíbula—. Pero vamos a intentarlo.

* * *

Lucius

El aire de mi cripta se espesa a medida que cae la noche, la magia que me hace ser lo que soy hormiguea en mi cuerpo, despertándome los sentidos. Abro los ojos. La noche se despliega ante mí colmada de deliciosas posibilidades. Tengo una mascota para atrapar y castigar, o recompensar.

Saboreo el aire cuando salgo de la cripta.

Espero que Selene se haya escapado. No me preocupo. La encontraré. No le haré, nunca le haría daño a la menuda loba, pero aún no he terminado con ella.

Me detengo cuando capto su fresco aroma. La puerta del dormitorio de Selene está abierta, ella todavía está aquí, en algún lugar de la casa. Después de todo lo que se interpuso entre nosotros, no huyó.

—Cariño —la llamo, acechando descalzo por la alfombra en dirección a los reveladores sonidos. La encuentro en el Sybian, con las manos y pies en las ataduras.

Oh, joder. ¿No se liberó? Me apresuro a su lado.

—¿Estuviste aquí todo el día?

—No. —Esboza una sonrisa cansada—. Me fui cuando los puños se abrieron, pero quería volver antes de que despertaras. Quería que me encontraras así.

—¿Por qué, Selene? —Le acaricio la espalda desnuda. Es un milagro. Nunca he conocido a nadie como ella en dos mil años.

—Quería complacerte, Lucius —susurra, cerrando los ojos y tentando mi mano. Está en ese dulce instante posterior a una escena, cuando la resistencia ha desaparecido.

—Oh, cielo. —Le acaricio el pelo con sudor—. Me has complacido. Lo haces.

Gime mientras la levanto de los consoladores y la llevo al cuarto de baño, entrelazando los brazos alrededor de mis hombros, acomodándose cerca de mí, hasta que la convenzo de que tome un baño caliente.

—Entiendo que ya no deseas matarme, Selene.

—El jurado sigue deliberando. —Las comisuras de su boca se inclinan hacia arriba—. Hablé con Declan y sus amigos. Están buscando a mi manada. Me dijeron que me ayudarían y les creo. Creo que puedo confiar en ellos.

—Puedes. Ayudan a metamorfos de todo tipo, odian a cualquiera que amenace a los débiles. —Hago una mueca burlona—. Tienen una deuda conmigo, de lo contrario nunca trabajarían para mí.

—Eso no es cierto —me sorprende—. Hablaron muy bien de ti. Dijeron que eras bastante bueno para... para ser un vampiro.

Me río sosteniendo una botella de agua en sus labios.

Selene traga con los ojos posados en mi cara mientras bebe. Cuando termina, deja caer la cabeza hacia atrás con un suspiro.

—¿Así que supongo que tenemos una tregua?

—Tregua —estoy de acuerdo—. Ahora cállate y déjame cuidar de ti. —Ella cierra los ojos y la lavo, masajeando sus pies, sus pantorrillas, sus dedos de los pies. Está relajada y flexible cuando termino con ella, con la piel rosada por el baño. Entonces deslizo una mano por la parte interna de su muslo, pero cierra las piernas, apartándose de mí con un gemido.

—Pobre —digo, y le doy algunos analgésicos. Su curación de metamorfa se ha activado, curando los labios de todo, menos de la hinchazón residual, pero no quiero que sienta ningún dolor.

Se recuesta y me deja lavarle el pelo.

Cuando me inclino, sus labios se separan para hablar.

—Shhh —le digo—. Solo cállate.

Selene sacude la cabeza.

—Cariño. Obedéceme.

—Vi el amanecer —susurra con la garganta ronca. Se sienta, capturando mi mano—. Comenzó con un resplandor.

Una luz amarillenta en las montañas. El cielo ya se había vuelto azul marino...

Permanezco inmóvil mientras Selene describe cada minuto del amanecer.

Cuando termina, se lame los labios.

—¿Lo hice bien?

Parpadeo.

—Cariño, fue perfecto.

Capítulo Nueve

Selene

Me despierto con el aire fresco que resopla en mi cara. A mi lado, una forma gigantesca rompe la quietud para acariciarme el cabello y acomodarlo lejos de mi cara.

—Selene, has despertado.

—Todavía estás aquí.

—¿Dónde más estaría? —Lucius sigue jugando con mi pelo, extendiéndolo sobre mi hombro, recogiéndolo en su puño. Está obsesionado con mi melena—. ¿Te sientes bien?

—Todavía no estoy muerta.

Estamos juntos, solos. La habitación me resulta familiar: es el dormitorio principal con la cama gigante frente a la chimenea donde me quedé atrapada.

Supongo que me ha perdonado por destrozar esta habitación.

Entrelazo las piernas con las suyas.

—Selene, no. Estás dolorida.

Tomo su mano y la coloco en la parte inferior de mi vientre.

—Estoy lista. Lo quiero.

Lucius desliza su mano hacia abajo, con los ojos brillantes.

—Sabes, no eres realmente sumisa.

—Te lo dije. —Pongo los ojos en blanco, respiro entrecortadamente.

—Siempre has sido muy valiente. Incluso cuando te arrodillas ante mí, no muestras miedo.

Resopla.

—Siempre te he tenido miedo. No soy tonta.

Me pellizca los pezones. El dolor se replica a través de mi cuerpo, me despierta todos los sentidos Engancho mi pierna desnuda alrededor de sus caderas, persuadiéndole para que se acerque, muy consciente de que no puedo obligarle a hacer nada que no quiera hacer.

—Quiero esto.

—Eres descarada. —Los labios de Lucius me acarician la mandíbula. Giro la cabeza persiguiendo su beso. Él lo retiene, arrastrando sus labios por mi cara mientras me sujeta con su sólido cuerpo, obligándome a aceptar su dominio. Cuando finalmente presiona su boca en la mía, dejo escapar un gruñido triunfal.

Termina el beso mirándome con satisfacción, mientras su polla me toca el muslo, una longitud dura que me distrae.

—Eres una alfa, Selene. En cualquier manada estarías en la cima.

Me estremezco ante la mención de una manada. Nota mi consternación porque me acaricia la frente.

—Cariño, no quise decir ...

—Está bien —interrumpo—. Sé lo que quisiste decir. No tengo una manada ahora.

—No. Estás aquí, conmigo.

—El hogar del rey vampiro.

—En la cama con un monstruo.

Levanto el cuello para encontrar su oreja. No puedo luchar contra su tirón, ya no.

—No hay lugar en el que prefiera estar.

Con un gruñido, me agarra las muñecas, sujetándolas junto a mis caderas mientras se abre camino hacia abajo.

—Quédate quieta —ordena cuando llega a mi coño, su aliento caliente sopla sobre mi piel depilada, haciéndome intentar escabullirme.

Sus colmillos me raspan los labios desnudos, me estremezco con su peligrosidad.

—Mi mascota, tan dulce, tan tentadora. —Me acaricia el muslo interno—. ¿Sabes que hay una arteria, aquí mismo? —Su lengua se arremolina sobre la piel sensible, seguida de sus dientes afilados—. Delicioso. Un verdadero festín, aquí mismo.

Hazlo. Muérderme. Quiero rogarle, pero mi coño debe parecer demasiado apetitoso porque gira la cabeza y me recompensa con una larga lamida. Me he curado del juego eléctrico de la noche anterior, pero no puedo reprimir un gemido mientras azota los labios de mis genitales con su lengua, llevándome a la cima. Sus manos me separan las piernas, aprieto las sábanas en un puño.

—Suplícame, cielo —ordena e inmediatamente empiezo a balbucear.

—Por favor... señor, Lucius...

—Ven. Ahora. —Él acompaña su orden con dos dedos que me presionan punto G, y alcanzo el orgasmo tan fuerte como para partirme en dos.

Todavía jadeo cuando se cierne sobre mí, agarra mis muñecas y me penetra. Me ha estirado con sus dedos y consoladores, pero nada me prepara para la sensación de su dura polla. Dominante. Perfecta. Me lloran los ojos de tanta hermosura.

—Cariño —dice, meciéndose en mí mientras otro orgasmo se acumula de nuevo.

—Gracias —susurro.

—Joder —murmura, con los ojos vagando por mi cara—. Tan dulce. —Sus caderas ruedan contra las mías, enviando su polla más profundamente—. ¿Vas a correrte por mí?

—Sí...

—¿Sí?

—Sí, por favor, señor, ¿puedo?

—Buena chica. —Acelera sus embestidas, mis piernas comienzan a temblar—. Ven, hermosa. Ven por mí.

Grito, la cabeza cae atrás mientras su polla martillea en mi cuello uterino. Es demasiado y no es suficiente a la vez, pero es la forma en que me gusta. Mis pezones parecen cincelados en roca, frotándose contra su firme pecho mientras me acerca. Sus colmillos me mordisquean la oreja, un leve pellizco se siente en mi coño. Muerde más fuerte, bastante afilado como para cortar la piel.

—Mmmm —murmura, lamiendo el lóbulo de la oreja. El clímax es más intenso sabiendo que me lame la sangre, saboreándome.

* * *

Lucius

Mi loba aúlla debajo de mí, su coño me aprieta como una prensa. La gota de su sangre estalla en mi lengua cuando termino dentro de ella. Introduzco la mano entre nosotros, rozando su clítoris hasta que se sacude con fuerza y sus ojos se agitan hasta el clímax final. Me relamo los labios y me retiro, admirando el rosa glaseado de su coño estimulado. Su sabor es adictivo. Nunca he conocido nada tan dulce.

Me tumbo a su lado pasando los dedos por su cara, luego entre sus pechos, y podría quedarme aquí eternamente, observándola.

Pero como siempre, Selene me empuja al siguiente nivel.

Sus brazos se deslizan alrededor de mis hombros y su boca me acaricia la oreja.

—Muérdeme —susurra—. Quiero sentirlo.

Levanto la cabeza hacia atrás para estudiar su cara.

—Podría dolerte al principio.

Me mira a los ojos, intrépida como siempre.

—Puedo soportar el dolor.

—Sí, sé que puedes. —Me levanto y le hago una señal para que se quede quieta mientras me acomodo entre sus piernas—. Lo haré bien para ti —prometo, bajando por su cuerpo. La penetro con los dedos, trabajándola lentamente hasta otro orgasmo. Ella responde como siempre lo hace, luchando contra el placer creciente, haciéndome exprimirlo. Mientras jadea durante el clímax, la volteo y me introduzco en su apretado sexo. Sus músculos internos, calientes y agarratados, pulsan con el orgasmo, apretándome como un puño. La levanto en mis brazos, inclinando su cuerpo hacia atrás. Un orgasmo termina; otro comienza, arrancando un grito del pecho de mi hermosa mascota. Envuelvo un brazo en su cintura, apoyándola y sosteniéndola mientras la tomo por detrás. Mi mano libre le aparta el pelo del cuello.

—Quédate quieta —le digo, inmovilizándola con una fuerte embestida. La agarro por el cuello, forzando su cabeza a un ángulo de lado—. Te dolerá un poco. —Muevo la cabeza hacia el lado opuesto para que mis colmillos le perforen la dulce piel. Un pinchazo mientras la penetro es el doloroso momento prometido. Su coño se aprieta. Con una fuerte succión de su sangre, el placer estalla en mi cerebro mientras el dulce torrente de sangre impacta mi lengua. Selene gime cuando mis colmillos bombean mi suero de éxtasis en su cuerpo.

Llega al clímax gritando mi nombre, mientras me hundo una y otra vez con mis colmillos y mi polla. Cuando termina, la limpio con un paño húmedo. Le hago beber un vaso de agua y tomar otro analgésico. No quiero que sienta el más mínimo indicio de incomodidad, a menos que la esté torturando.

La cama se hunde bajo mi peso, Selene rueda por la pendiente hacia mí. Le beso la sien sudorosa.

—¿Cómo te sientes?

Ella abre los ojos.

—Todavía no estoy muerta.

Le acaricio el cuello.

—¿Estás segura? —Giro su mandíbula de un lado a otro, examinando las marcas que le he dejado en el cuello.

—Los hombres lobo marcan a sus parejas cuando se aparean —murmura.

—¿Te gustaría que estas fueran marcas de apareamiento?

—No. —Su cuerpo se tensa.

—¿Estás segura? Los hombres lobo se aparean de por vida.

Ella vuelve la cara hacia otro lado, dándome su perfil.

—No me interesa una pareja. Nunca.

Le agarro la barbilla, atrayendo su mirada hacia mí.

—Eres tan joven, cielo. No sabes lo que quieres.

—No quiero un compañero. No quiero arriesgarme...

—¿A perderlo?

132

Se queda callada.

—Todos morimos —le recuerdo.

—Excepto tú —murmura oscuramente.

—Excepto yo. Pero incluso yo podría elegir enfrentar el amanecer.

Eso le llama la atención.

—¿Lo harías? ¿Algún día?

—Si alguna vez amara a alguien más allá de la razón. Más allá de mi propio buen sentido, y si fuera mortal, entonces sí. Cuando ella muriera, me enfrentaría al amanecer.

Una arruga aparece entre sus cejas y la aliso con los dedos para suavizarla.

—Entonces, ya ves, selene, tú y yo somos iguales. Ambos nos negamos a entregarnos al amor. ¿Sabes por qué?

—¿Porque somos incapaces de estar con alguien?

—No —le digo lo que ya sabe—. Porque amamos demasiado profundamente.

Selene se acurruca en mí.

—Por eso me gusta esto.

—Vaya, cariño, me siento halagado. ¿Te gusto?

—No, tú no. Esto. —Se aprieta contra mí—. Me gusta acurrucarme con un rey vampiro.

—No puedo dejar que te vayas de aquí. Mi reputación no lo resistiría.

—Me ibas a matar, ¿recuerdas? —Bosteza—. O te mataré.

—Hablas de la vida y la muerte tan a la ligera, cariño.

—Estoy preparada.

—Eres joven —le recuerdo—. No deberías desperdiciar tu vida.

—¿Me estás sermoneando? —Sus ojos se abren de par en par.

133

—Sí. Estás desperdiciando tu vida en una causa estúpida, Selene.

—No es una causa estúpida.

—¿Asesinarme? Es temerario e imposible.

—Bueno, es tu opinión —se queja—. No quieres que te asesinen.

—No solo eso —digo, y me sorprende descubrir que es la verdad—. No creo que alguien tan joven y encantadora como tú deba desperdiciar su vida obsesionándose conmigo.

Selene me echa un vistazo.

—¿Obsesionada?

Aprieto los músculos de sus brazos.

—Has luchado antes. ¿Te imaginaste luchar conmigo?

—Sí —responde tensa.

—No te preocupes, cielo. No te haré más preguntas.

—¿No quieres saber por qué?

—He vivido mucho tiempo. He cometido una gran cantidad de abominaciones. —La giro para poder abrazarla por atrás—. Tienes una visión muy humana de la justicia, Selene. ¿Se arrepiente el león de haber matado a la gacela? Esa es la ley de la naturaleza: supervivencia.

—Y si un león mata sin sentido, innecesariamente, ¿debería morir?

—Si es más fuerte que su presa, no. Tiene derecho a matar.

—¿Es lo que piensas? ¿Tienes tú derecho a matar? ¿Dónde está tu humanidad?

—La perdí junto con mi vida, cuando el virus vampírico se apoderó mí.

Selene se queda inmóvil.

—Así que no tienes sentido de moralidad.

—Sí, cariño, tengo bastante, especialmente en comparación con mis colegas.

134

—¿Georgianna diría que tienes moral?

Escondo una sonrisa. La obsesión de Selene con mi amor del pasado es más reveladora de lo que ella sabe. Mi pequeña mascota siente algo por mí.

—Podría decirse que sí. La traté bien. Sé que no tienes ninguna razón para creerme...

—Te creo —me contradice sin desafiarme y me mira a los ojos. Ninguna otra criatura me mira a los ojos como Selene. Su falta de temor no es bravuconería, simplemente quiere mirarme, así que lo hace. Podría ser la única criatura que realmente me ve—. Me tratas bien —dice—. Así que puedo creer que fuiste amable con ella.

—Hasta que me traicionó y la maté. Intentó asesinarme y yo... bueno, soy el depredador supremo.

—La amabas.

—Sí. Y creo que ella me amaba.

—¿Qué?

—Un vampiro enamorado, ¿es tan imposible? —la provoco.

Selene mueve ligeramente cabeza.

—¿Ella te amaba e intentó matarte? ¿Por qué?

Mi corazón se estruja al recordarlo.

—Porque, Selene, su creador le dijo que lo hiciera.

—¿Su creador?

—Era un vampiro como yo, viejo y poderoso. Él la devolvió a la vida y la amaba, pensé, como a una hija. Pero ahora sé que quería más de ella.

Selene arruga la nariz.

—Uf.

—Sí. El vínculo entre el creador y el vástago vampírico es una relación compleja, y él se aprovechó. Le ordenó que me matara, y dudo que ella haya pensado en negarse. —Mi suspiro recorre el cabello de Selene—. Nunca le he confesado esto a nadie.

—¿Por qué me lo cuentas a mí?

—No lo sé. Tal vez porque te le pareces. Me recuerdas cómo me sentía cuando estaba con Georgianna. Me sentía joven. Enamorado.

—El amor.

Selene permanece callada tanto tiempo que creo que se ha quedado dormida, hasta que me llama en voz baja:

—¿Lucius?

—¿Sí, cariño?

—¿Qué pasará después? ¿A dónde vamos desde aquí?

—¿Qué quieres que pase?

Me gustaría... hay cosas que me hubiera gustado hacer.

—¿Como matarme? —Ofrezco secamente.

—Eso... y otras cosas también. Pienso en los metamorfos en las jaulas. Quise soltarlos.

—¿Y si quisieran estar allí?

—No lo quieren. Las subastas son una abominación. Me gustaría que se acaben.

Yo quiero lo mismo, aunque Selene no lo sabe.

—¿Qué tal si tú me ayudas y yo te ayudo? —pregunto.

—¿Cómo?

—Permaneces aquí como mi sumisa hasta fin de mes. —Así me dará tiempo para expulsar a mis enemigos—. A cambio, terminaré con las subastas.

—¿Y liberarás a todas las cambiaformas?

—Sí. Ninguna metamorfa atenderá a un vampiro. No, a menos que quieran.

—No querrán —dice ella.

—Suenas tan segura. ¿Una metamorfa enamorada de un vampiro es algo tan imposible? —pregunto.

Selene levanta la cabeza y se encuentra con mi mirada.

El aire se carga de energía entre nosotros. Pequeñas corrientes de electricidad corren entre nosotros.

—Un mes —acepta, con voz ronca—. Entonces se acabó.

—Un mes. —Asiento y la vuelvo a poner en mis brazos —. Ahora, silencio. Tenemos cosas que hacer. —Llego a la mesita de noche y agarro el control remoto.

Ella esconde su cara en mi cuello.

—No más escenas, no puedo soportar...

—Shh —me río entre dientes—. Está bien, cielo. Esa parte de la noche está hecha.

Hago clic en un botón y un panel sobre la chimenea retrocede, revelando un televisor de pantalla plana. Otro botón y la pantalla se enciende.

Monty Python y el Santo Grial comienza. Selene se queda quieta.

—¿Estás cómoda? —susurro. Asiente con los ojos en la pantalla.

—Bien. Relájate —ordeno. Un momento después se ríe de los subtítulos suecos. Todavía está rígida en mi regazo, luchando contra mi orden.

Eventualmente se mueve y la abrazo.

—Tengo que ir al baño. —La dejo ir con la promesa de que regrese.

—¿Te sientes bien? —le pregunto cuando regresa y se para al pie de la cama.

—Solo una herida de la carne —dice imitando al Caballero Negro.

Abro los brazos.

—Ven —le ordeno cuando duda—. Quiero abrazarte.

Mordiéndose el labio, Selene viene a mi regazo. Un segundo después, mi sumisa loba suspira feliz. Los créditos de la serie siguen rodando en la pantalla con nuestras carcajadas de fondo.

No durará para siempre. Pero nada lo hace.

* * *

Selene

Me despierto al mediodía del día siguiente con la cama vacía, sintiéndome desamparada. No esperaba que Lucius Frangelico fuera así. No esperaba que la amabilidad, el odio, la ira y el amor se entremezclaran, pero cada vez que Lucius se va... le echo de menos.

Cuando me asegura que no mató a mi manada, ¿a quién le creo? ¿A mi mentor, que lo sacrificó todo para que pudiera vengarme, o a Lucius?

¿Confío en mi cabeza o en mi corazón?

Soy una idiota, me digo mientras me desperezo y me froto la cara. Me he enamorado del rey vampiro.

Una cambiaformas enamorada de un vampiro... ¿Es tan imposible?

Lucius es un vampiro, y no cualquier vampiro, es el rey. Yo soy una loba. Somos de mundos completamente distintos, opuestos como el sol y la luna.

No sirve de nada negarlo. Me he enamorado de un monstruo. Y ni siquiera me importa.

* * *

Al caer la noche, Lucius me encuentra paseando por el patio.

—¿Cariño?

Me echo atrás mi salvaje cascada de cabello. Tomé un

baño antes pero no me arreglé después, No podía soportar estar rodeada de su olor.

—Te llamas a ti mismo un monstruo. ¿Por qué?

—He hecho cosas, Selene —dice suavemente—. Cosas de las que me arrepiento. No es lo que estás pensando, pero he matado antes. Le he hecho daño a la gente, pero fue hace mucho tiempo. —Extiende las manos—. El mundo era diferente entonces.

Seré estúpida, pero le creo.

—¿Qué te hizo ir a la subasta?

—Escuché que ofrecían cambiaformas.

—¿No lo sabías? —Xavier me sugirió que las subastas fueron idea de Lucius.

—Sabía que había vampiros aficionados a la sangre de metamorfas que tomarían consortes. Pero no son nuestras víctimas naturales. No sabía que los esclavistas de cambiaformas cazaban a las especies más débiles para subastar al mejor postor.

—¿No lo sabías?

—No. Lo confieso, no tenía idea. Pero ahora que lo sé, lo impediré. Y no por nuestro acuerdo —añade—. He planeado hacerlo antes de eso.

—¿En serio? —Sacudo la cabeza, mareada. Lucius no es el villano que Xavier me ha pintado. ¿O lo es?

—No todo es por altruismo. Tengo evidencia de que mis vástagos han elaborado un nuevo plan para levantarse contra mí. —Sacude la cabeza de lado a lado, como si hubiera encontrado un niño dibujando en la pared de la sala de estar, no un conjunto de vampiros adultos que traman derribarle—. Algunos de ellos tuvieron la idea de que podían convertir a los metamorfos y formar un ejército para derrocar mi gobierno.

—¿Cómo?

—De la misma manera que se convierte a los humanos en vampiros. —Lucius se acaricia la barbilla—. Intercambios de sangre, seguidos de un intercambio de pura sangre del corazón que mata al nuevo huésped, permitiendo que el virus vampírico tome el control.

—¿Es posible? ¿Lo has hecho?

—¿Convertir a un cambiaformas? No. Nunca lo haría. Tal criatura sería... una abominación.

Me estremezco.

—Ni cambiante ni vampiro, sería más potente que cualquiera de los dos si se pudiera hacer, por supuesto. Pocos vampiros son lo suficientemente poderosos como para crear más de nuestra propia especie. Además, se necesita una víctima fuerte para un creador fuerte. Tal vez por eso mis vástagos recurrieron a los cambiantes. Supongo que no tuvieron suerte con los humanos y decidieron intentarlo con una especie más poderosa.

—¿Y funcionó? ¿Es posible?

—No lo sé. No lo creo, al menos, dudo que alguno de ellos haya descubierto cómo hacerlo. —Hace una pausa—. Hay una manera de hacer que los cambiaformas sean tan poderosos como los vampiros. pero nadie lo sabe.

Doy un paso adelante.

—¿Cómo?

—Nuestra sangre. —Entra en el patio, acercándome trato de descifrar lo que quiso decir. Él ladea la cabeza, mirándome—. ¿Quieres que te lo muestre?

—Sí —digo. No sé qué estoy aceptando exactamente, pero me intriga demasiado para negarlo.

—Ven —ordena Lucio—. Más cerca. Eso es.

—¿Qué...? ¿Qué vas a hacerme?

—Beberé de ti. —Me empuja el pelo hacia atrás de los hombros—. Luego tú vas a beber de mí.

—¿Qué? No... —Suelto un suspiro cuando hinca los colmillos en mi cuello. Siento un ligero pinchazo y, luego, felicidad. Mi cuerpo se estremece con la embriagadora sensación.

—¿Estás bien? —murmura Lucius.

—Solo es una herida de la carne.

—Tu turno, cariño. —Se hace un corte en el pecho y lleva mi boca a la herida. El primer sabor de la sangre es dulce, chisporroteando en mi lengua.

—¿Lo sientes? —pregunta Lucius.

Jadeo en el instante en que la adrenalina me recorre las venas. Tengo las extremidades hormigueando con un exceso de energía. Mi corazón parece bombear más deprisa, mis sentidos se agudizan.

Soy súper Selene, mujer guerrera.

—Hagamos una carrera. —Lucius señala un cactus saguaro en la distancia.

Corro tras él, mis piernas vuelan, me desdibujo con la velocidad. El paisaje pasa de largo hasta que me detengo, tambaleándome, cuando llego al cactus antes que él, y ni siquiera me he cansado. El poder late en mi cuerpo.

Levanto las palmas y las estudio, temblando.

—¿Cuánto tiempo dura?

—Depende de cuánta sangre bebas. Los efectos desaparecen con el tiempo. Hasta entonces, eres tan poderosa como un vampiro. Tal vez más.

Miro fijamente a Lucius.

—Corre conmigo. —Me tiende la mano.

Sonrío... y corro hacia las montañas. Su risa me persigue y corro más rápido, con él pisándome los talones. Puede que me esté dando ventaja, pero tiene razón. Tengo mucha más resistencia de lo que nunca tuve. Esta sangre es una súper droga que fluye a través de mí, y hasta podría matar a un rey vampiro ...

—¡Por aquí! —grita Lucius, desapareciendo entre dos rocas. Le sigo, me agacho entre las rocas mientras subimos por el sendero de montaña con la polvareda roja que se eleva a nuestro paso. El sendero se termina, así que sigo por mi propio camino, saltando de roca en roca, escalando el acantilado a saltos hasta llegar a la cima. Las estrellas centellean más aquí arriba, la luna parece estar lo bastante cerca como para tocarla.

Siento un zumbido en el aire y encuentro a Lucius a mis espaldas, envolviéndome con sus brazos.

—Puedo mirarla por siempre —susurro, levantando las manos hacia el azul infinito, bebiendo en la luz plateada, hasta que Lucius me gira para enfrentarle, me mete una mano en el pelo y reclama mi boca. Me arqueo hacia él con un grito, la euforia me invade, haciéndome quitarle la ropa. Caemos, él amortigua la caída antes de tocar el suelo, rodamos y levanta mis caderas en alto, hasta que libero su polla y me asiento bajándome en ella. El mundo gira, la luz de las estrellas sonríe sobre nosotros, pero incluso mientras cabalgo sobre él, sé que no es para siempre.

Este sentimiento no puede durar.

* * *

—Gracias —murmuro mucho más tarde, cuando estamos enredados en su cama.

—De nada, cielo. Pero ¿por qué me agradeces?

Le acaricio la mejilla, sosteniendo su increíble belleza en mi mano.

—Me has dejado entrar en tu mundo. Es hermoso.

—Lo es. Pero no eres una criatura de la noche. Estás hecha de luz, Selene. —Atrapa un mechón de cabello entre su pulgar y su dedo, lo frota entre ellos.

—*Luz de luna* —corrijo—. Lucius, quiero quedarme contigo.

Me suelta el pelo, me toma la pierna y me acomoda debajo de él.

—No —dice mientras se desliza dentro de mí. Mis piernas se abren de par en par para aceptarle. No podría resistirme a ni si lo intentara, y lo he intentado.

Entrelazo las pantorrillas alrededor de su culo flexionado. No quiero resistirme más a él.

—Lucius —jadeo mientras acelera el ritmo de sus embestidas.

—Selene. —Hinca los colmillos en mi cuello y me muerde mientras me estremezco de éxtasis.

Cuando termina, me acurruco al abrigo de sus fuertes brazos.

—Déjame quedarme, Lucius —murmuro.

—No puedo —murmura—. Aunque quisiera, este no es tu sitio, Selene.

Capitulo Diez

elene

Una cara pálida me saluda en el espejo tras un mes como juguete sexual de un vampiro, que me ha dejado con las mejillas pálidas, sin sangre, como las de un fantasma. No es que me queje. Cualquier agotamiento desaparece tan pronto como bebo la sangre de Lucius.

Me pinto los labios de rojo —el color de la sangre y el sueño de los vampiros— y compruebo cómo me queda el collar. Lucius me hace llevarlo casi constantemente ahora porque nuestras noches se han convertido en una larga escena. Nuestro tiempo juntos es frenético, desesperado, ambos conscientes de la cuenta regresiva yendo hacia el final. Lucius me tiene tan bien entrenada, que me excito en cuanto escucho su voz. Dice mi nombre y me pongo al límite. Con solo un chasquido de sus dedos, tengo un orgasmo. Pasamos juntos cada momento que estamos despiertos e intercambiamos sangre casi todos los días.

En unos días, todo habrá acabado.

Lucius pasa por delante de mi puerta luciendo delicioso en su traje. Me ha prometido una noche en la ciudad, una noche de fingir que somos pareja y terminaremos en Toxic, como de costumbre. Ha abierto la mitad superior del club, para que sus vástagos puedan interactuar con los humanos y beber sangre de las víctimas en los rincones oscuros. La mazmorra sigue reservada para él y para mí. En unos días, sus vástagos se congregarán y tendré mi primera escena pública. Nuestra última escena juntos.

Mientras un teléfono suena en la casa, salgo de mi dormitorio con un crujido de la tela de mi vestido, todavía poniéndome los pendientes. Lucius está en el vestíbulo, al teléfono. "¿Teófilo?", dice y hace una pausa. Agudizo el oído. Lucius ha compartido conmigo los nombres de sus vástagos y Teófilo es uno a quien respeta. "¿Dónde estás?". "En el club", dice el vampiro. Le escucho tan claramente como si estuviera en la sala. La audición de loba es excelente para escuchar a escondidas.

Lucius se vuelve y se encuentra con mis ojos. Sabe que le escucho, pero si le importara, se iría. No le importa. En las últimas semanas, hemos compartido todo.

—Deberías venir aquí, ahora —dice Teófilo con la voz tensa—. Hay algo que deberías ver.

Llegamos al club a las nueve y media. La pista de baile ya está abarrotada y en la barra hay cuatro personas.

Lucius se detiene junto al guardarropas. Como todo un caballero, me ayuda a quitarme el abrigo. Su rostro tiene una máscara de severidad mientras los empleados se apresuran, ansiosos, para cumplir sus órdenes.

Me guía hasta una cabina privada con vistas a la pista de baile.

—Tengo que lidiar con algo. Volveré enseguida.

—Está bien —le digo, metiéndome en la cabina—. No arruinará nuestra noche. —La forma en que aprieta la mandíbula me hace pensar rodarán cabezas. Literalmente.

—Mantén a todos alejados de ella —le dice Lucius al guardia, y se aleja, a grandes zancadas directamente a la pista de baile. No mira ni a izquierda ni derecha, pero la concurrencia se abre como por arte de magia.

Tan pronto como Lucius desaparece, me vuelvo a acomodar en la cabina, jugando con la copa de Merlot que una camarera me entregó, reprimiendo un creciente presentimiento.

* * *

Lucius

—¿Qué pasa? —pregunto en cuanto entro en mi despacho.

La mayoría de mis vástagos tienen trabajo en el club, y aunque no lo tuvieran, les exijo que se presenten ante mí regularmente. Tengo una lista de vampiros que evitan o retrasan estas reuniones. Teófilo no está en ella, pero será mejor que no me decepcione esta noche. Me queda poco tiempo con Selene y no quiero desperdiciarlo.

—Llegó algo en un paquete sin marcar, que fue entregado en la puerta del club una hora antes de la apertura. Tenemos imágenes en las cámaras de la entrega, pero la persona iba a pie y llevaba un pasamontañas. Hombre, caucásico, probablemente humano. Todavía lo estamos rastreando.

—Entonces, ¿qué es? ¿Una bomba?

—No. Esto. —Sostiene un pendrive—. Ya hemos hecho un análisis de virus y está limpio. Vacío, excepto por un vídeo.

—Ponlo. —Cruzo los brazos y me dirijo a la pantalla al final del despacho.

Al lado de mi escritorio, una hilera de pantallas me da una vista de todo el club a través del circuito de seguridad. La gente se mueve en la pista de baile, humanos y vampiros por igual. Es imposible distinguir a los vampiros, a menos que uno mismo sea uno. A medianoche, los vampiros habrán elegido a sus víctimas y las habrán llevado a una cabina privada para disfrutar una copa en privado.

—Señor —Teófilo me llama la atención hacia la pantalla principal.

El misterioso vídeo comienza con un destello de cabello dorado que me resulta familiar. Veo a Selene caminando, vestida con un uniforme de faena y un sujetador deportivo negro. Descalza, desarmada, excepto por una estaca de madera en mano. Alguien fuera de cámara debe de dirigirla, porque ella le asiente y se gira, acercándose a un hombre encadenado en el suelo. Le coje un mechón de pelo y le alza cabeza lo suficiente como para que se vean los colmillos de un vampiro. En un solo movimiento, Selene le clava profundamente la estaca en el corazón, luego le corta la cabeza y la sostiene para la cámara. La toma termina y otra comienza. El mismo escenario. Esta vez, lo hace con una vampira.

—Su majestad —llama alguien.

Teófilo lo aparta con la mano y cierra la puerta del despacho para amortiguar los sonidos del club, donde la gente se pasa un buen rato. El canal de seguridad muestra una horda de humanos felices, con los ojos brillantes, riendo, hablando, bailando en una repetición silenciosa. Quiero destruir esta oficina, quemar el club hasta los cimientos, con todos dentro. Torturar a Teófilo por ser el mensajero, por ser testigo de mi humillación.

En cambio, me quedo quieto, en silencio, observando a mi adorable mascota estacar vampiros. Una y otra y otra vez.

El vídeo termina con un primer plano de la cara perfecta de Selene. Ella es más joven, tiene las mejillas enrojecidas y la línea del cabello sudorosa por el esfuerzo, pero es ella. Mira directamente a la cámara con una expresión desafiante que me resulta demasiado familiar.

Una voz confusa rompe el silencio en la pantalla.

—¿Quién eres?

—Mi nombre es Selene.

—¿Cuál es tu misión? —La cámara se acerca aún más.

—Encontrar a Lucius Frangelico.

—¿Y entonces?

Ella no duda.

—Voy a matarle.

* * *

Selene

Diez minutos sin Lucius y ya me aburro como una ostra. Observar a los vampiros intentando seducir a humanas desprevenidas no es mi idea de un buen rato.

—Voy al aseo —le digo al guardia.

—Frangelico dijo que te quedes aquí.

Pongo los ojos en blanco.

—Es eso o me meo en el asiento.

El guardia toca su auricular.

—Lo revisaremos primero —dice. Buena decisión.

El cuarto que revisan tiene una lujosa sala de estar adjunta al aseo. Hay un sofá y enormes espejos. Los lavabos se empotran en elegantes tocadores de mármol con grifos dorados. Me acicalo sintiéndome un poco mal porque hay una hilera de mujeres esperando en el pasillo para orinar mientras tengo todo el cuarto para mí. Lucius es paranoico con la seguridad, en serio. No es como si alguien pudiera llegar a mí, e incluso si pudiera...

—Hola, Selene —una voz grave me provoca girar la cabeza. Un gemido se me escapa de la garganta cuando una sombra gigantesca abre la puerta y entra.

Es Xavier.

—¿Qué haces aquí? —En cualquier momento los guardias deberían irrumpir.

Merodea a mi alrededor y posa un vaso lleno de líquido ámbar en el elegante tocador.

—Bebe —ordena—. Lo necesitarás.

He tragado la mitad del vaso antes de darme cuenta de que he obedecido sin cuestionarle. Los viejos hábitos son difíciles de erradicar.

Termino la bebida y dejo el vaso.

—No puedes estar aquí —susurro. Miro al espejo mi propio reflejo. Xavier no aparece, pero siento sus ojos en mí de todos modos.

—¿Asustada por mí?

Empiezo a girarme y él me agarra el cuello.

—¿Has olvidado quién eres? ¿Qué te hizo?

—He... llegado a conocerle. Él no es así ... —Me siento estúpida aun cuando lo digo.

—Es un monstruo.

Parpadeo cuando Xavier dice la palabra que Lucius usa tan a menudo para referirse a sí mismo.

—Mató a tu manada, sin remordimiento.

—¿Hay pruebas?

—Has visto las fotos. ¿Qué más pruebas necesitas?

Esas no son una prueba, quiero decir. Pero los vampiros no pueden ser capturados en una imagen, así que si hay alguna prueba, se pierde.

—¿Por qué Lucius lo habría hecho? Puede atraer a cualquier víctima que le plazca. ¿Por qué tendría que masacrar a toda una manada?

—¿Quién sabe por qué mata el asesino? ¿Aburrimiento en su vejez?

Me muerdo el labio porque Lucius ha dicho el mismo tipo de cosas. Casi le digo que Lucius tiene un equipo de investigación buscando mi vieja manada, pero Xavier habla primero.

—Hay más. Tengo testigos oculares. Llevó al más joven y al más fuerte a su guarida. Lucius los llevó a su guarida donde bebió sangre de su cuello, los obligó a beber de él y luego les arrancó el corazón.

Niego con la cabeza.

—Sí —retumba Xavier—. Es verdad.

—¿Por qué lo haría?

—Para convertir a los cambiaformas en vampiros.

—Él no puede hacer eso. No lo haría.

—Si lo hace, será el vampiro más poderoso del planeta. —Deja una estaca en el tocador—. A menos que puedas detenerle.

* * *

Lucius

El vídeo termina y lo rebobino. Esta vez lo reproduzco en silencio. Ya sea que Selene esté frente a la cámara, clavando una estaca o decapitando a un vampiro, su expresión nunca cambia. Es muy joven. Muy decidida.

Una cosa es escucharla admitir que vino a matarme.

Otra cosa es verla en acción.

Ella trabajó en esto. Se entrenó. Aun con todo lo que hemos compartido, no me ha dicho quién la envió. Podría torturarla, pero se rompería la frágil confianza que tenemos.

—Pensé que debías saberlo —dice Teófilo, recordándome estúpidamente que sigue aquí, presenciando mi humillación personal.

Giro sobre él.

—¿Entregaste esto?

Él retrocede con las palmas hacia arriba.

—No ...

—¿Tuviste algo que ver con esto?

—¡No! Simplemente estaba aquí. Esa es la loba que compraste en la subasta, ¿verdad?

—Sí. —Agarro el borde de mi escritorio con tanta fuerza que se agrieta—. ¿Este vídeo vino con algo más?

—Solo el pendrive.

—Muéstrame la caja.

Teófilo se apresura a buscarla.

—La revisamos cuando pensamos que era una bomba.

No hay etiqueta, solo la dirección del club garabateada en una tarjeta blanca pegada al frente. Arranco la cinta con una uña afilada. Despego la etiqueta y ahí encuentro una nota de él. En la pantalla su voz era confusa, pero cuando leo la nota, la voz de Xavier resuena en mi cabeza.

Toda una guerrera, ¿no?
Ella fue mía todo el tiempo.

* * *

Selene

. . .

Apenas noto cuando el guardia retoma su lugar a mi lado. Xavier debe de haberle sobornado. Evidentemente la seguridad de Lucius no es tan estricta como él se cree que es. Debería decirle... después de decidir si voy a matarle o no.

Una risita frenética burbujea en mi pecho. Presiono mi mano libre contra mi boca. Mi derecha está metida la mitad debajo de la elegante falda de mi vestido, ocultando la estaca que Xavier me dio.

¿Qué demonios voy a hacer?

Un vampiro aparece en mi cabina, delgado y vestido con un traje negro como de agente secreto, y me hace señas.

—Te llevaré de regreso a la mansión. Son órdenes del rey.

—¿Dónde está?

—No quiere verte —dice el vampiro—. Soy Teófilo. Confía en mí, no quieres cruzarte con él en este momento.

Salgo de la cabina con las piernas temblorosas, siguiendo a mi guía fuera del club. Una vez que me encierra en la limusina, con el divisor del coche levantado, saco la estaca y la miro todo el camino hasta la casa de Lucius.

¿En quién confiar? ¿Quién dice la verdad? ¿Escucho a mi cabeza o a mi corazón?

* * *

Selene

La casa está en silencio, vacía. Voy por los pasillos sin mirar hacia las habitaciones. Hay un olor frío proveniente del dormitorio principal. Sigo el rastro del olor y se me eriza la piel.

Entro en la habitación que destrocé buscando la cripta, aquella en la que quedé atrapada en el falso túnel bajo la chimenea. La chimenea es la misma, pero la cama king se ha doblado en la pared como una cama Murphy. En el lugar donde solía estar la cama, hay una escalera de piedra que conduce a la oscuridad. El aroma frío flota desde la cripta.

Esta es la guarida de Lucius y la ha dejado abierta para mí. Por un segundo, estoy mareada. ¿Significa esto que Xavier le encontró?

Con la mano izquierda extendida para mantener el equilibrio, desciendo. Las paredes y el piso son de piedra sólida, frío en mis pies descalzos. Mi piel hormiguea al cruzar el umbral, una sensación de zumbido no muy diferente de una corriente eléctrica. La sensación se eleva hasta el punto de dolor y contengo la respiración, luchando contra ella, avanzando con pasos lentos como si estuviera vadeando agua. De repente, el hechizo se disipa y puedo respirar de nuevo. *Los vampiros tan viejos como Lucius tienen más defensas que las habituales.*

El aire cambia. Huelo, en lugar de ver, una gran sala frente a mí. Se enciende una luz activada por mi movimiento que corta la penumbra lo suficiente como para que mire a izquierda y derecha, medio esperando que una roca gigante salga de una trampa explosiva, como algo salido de *Tomb Raider* o *Indiana Jones*. No pasa nada, pero me apresuro con dando zancadas en la piedra.

Lucius se encuentra de pie en una plataforma elevada. Un largo rectángulo de piedra, de aproximadamente un metro de alto y dos de largo, es el único mueble.

Su cabello oscuro le cae sobre la frente.

—Cariño. Estás aquí.

—La puerta estaba abierta. Esta es tu guarida —digo estúpidamente. La sorpresa me convierte en el Capitán Obvio—. Es... grande.

Mira a su alrededor como si la viera por primera vez.

—Nunca he tenido a nadie aquí antes. Supongo que si

hubiera planeado con anticipación, podría haberla decorado.

—¿Con qué? ¿Muebles medievales? ¿Dispositivos de tortura? —Trato de bromear.

—Sí, bueno. Nadie espera la inquisición española.

Quiero reírme, pero suena muy cansado. Se mueve, poniendo el gigantesco rectángulo de piedra entre nosotros. Agradecida por la barrera, camino hacia adelante, hasta detenerme en el borde de la plataforma elevada.

—¿Por qué me dejaste entrar aquí? —Mi voz resuena en el espacio vacío.

—¿Por qué viniste?

Saco mi mano derecha de detrás de mi espalda y le muestro la estaca.

—Ah, sí. —Pensativamente, pasa una mano por la losa de piedra que es del tamaño y la forma de un ataúd. Ahí es donde duerme, un sarcófago. Otra capa de protección. Si hubiera irrumpido en su guarida, no podría haber sido capaz de abrir el ataúd sin ayuda—. He estado esperando este momento —me dice y hace una pausa, con las cejas levantadas como si estuviera esperando que ejecute mi tarea.

—Me enviaron a matarte.

—Lo sé.

Subo a la plataforma y camino alrededor del sarcófago. Estoy lo suficientemente cerca como para clavarle la estaca, lo que significa que está lo suficientemente cerca como para extender la mano y romperme el cuello.

—No viví tanto tiempo por bajar la guardia —continúa Lucius—. Tan pronto como vi a Xavier, supe que algo sucedía.

Retrocedo.

—¿Conoces a Xavier?

—Sí. Fue el creador de Georgianna.

Georgianna, la vampira que amaba. A quien me parezco.

—Le ordenó que te matara. La mataste cuando ella te traicionó.

—La historia se repite.

Me acerco a Lucius. No se mueve.

—¿Por qué permitiste que llegara a ti? Si sabías que Xavier estaba involucrado, si me envió, ¿por qué me mantuviste aquí? —Y no solo me mantuvo cerca. Me folló, me provocó dolor de una manera que a ambos disfrutamos. Me mostró un mundo al que llegué a amar.

Lucius se vuelve ligeramente hacia mí.

—Algunos riesgos valen la pena.

Inclino la cabeza hacia atrás para mantener la mirada en él mientras me acerco.

—¿Lo valen?

—He vivido mucho tiempo, Selene. Sé cuándo alguien vale la pena. —Extiende un dedo, roza un mechón de cabello que se ha desprendido de mi apretada cola de caballo. Su sonrisa es tan triste que me duele el corazón. De pronto, hace algo que nunca esperaría ni en mil años.

Me da la espalda.

Tengo la estaca en mis manos.

Avanzo. Es ahora o nunca. Podría matarle. Por eso dejó su cripta abierta. Él me permite esto..

Tiro la estaca al suelo, a sus pies, y aterriza con un ruido. Lucius levanta la cabeza.

—No puedo hacerlo, Lucius —digo con una voz que resuena en esta tumba de piedra—. No lo haré. No estaría aquí si no fuera porque... Xavier me dijo que mataste a mi familia, a mi manada. Pero luego te conocí y... Ya no sé qué creer... —Espero pero Lucius permanece en silencio—. Supongo que no los mataste.

—¿Quieres que te lo vuelva a negar?

—No —le digo, decidida—. No los mataste. Has matado antes, pero no así. No una masacre.

—Piensas mejor de mí que nadie, cariño.

—No es propio de ti. Tal vez antes, hace mil años. Pero no ahora.

—Me alegra que me consideres tan civilizado. —La luz brilla en sus colmillos, pero no está sonriendo.

—He matado antes, Lucius. Xavier me entrenó. Encontró vampiros y los trajo para que yo los matara, los estaqué para practicar. Me dijo que merecían morir. Confiaba en Xavier, pero ¿y si esos vampiros fueran víctimas inocentes como mi manada? —Así que yo también soy una asesina—. Trago saliva en mi boca seca. Lucius todavía no se ha movido—. ¿Qué haremos ahora?

Ladea la cabeza.

—Depende de ti, Selene. ¿Qué quieres hacer?

—Creo que... Es hora de decir adiós.

Rompe la quietud, girando. Tiene el rostro sereno, majestuoso, pero sus ojos lucen tristes.

—Un vampiro y una cambiaformas. ¿Es algo tan imposible? —pregunta.

Mis ojos van a la estaca.

—Sí. Xavier no estará contento con lo que he hecho.

—Me encargaré de Xavier.

Me paso una mano por la frente, me la llevo luego a la garganta. Siento la piel húmeda.

—Me eligió porque me parecía a Georgianna.

—Sí.

—Ha estado planeando esto por mucho tiempo. —Me muerdo el labio—. Cuando salga de aquí, tendré que huir.

Lucius se mueve en su lugar.

—¿Qué te hace pensar que te dejaré ir? —Le brillan los ojos.

—Me dijiste que lo harías. Dijiste que los que amas siempre te dejan.

—Dije que siempre mueren.

—No voy a morir. No por un tiempo. Puedo huir. —Suelto un suspiro, sintiéndome mareada. No hay suficiente aire en esta cripta—. No puedo quedarme aquí. Los vampiros y los cambiaformas no están destinados a juntarse.

Me mira con la cara enclavada mitad en la luz, mitad en la oscuridad.

Respóndeme, quiero sacudirle.

—Tienes razón. Un vampiro enamorado de una metamorfa es algo imposible.

—Yo... Solo quería que lo supieras.

—Vete. Con mi bendición.

Levanto la barbilla y doy un paso. Torpemente, doy paso en falso y me tambaleo de la plataforma. En un instante, Lucius está a mi lado, como un gran monolito de apoyo. Su aroma me inunda.

—Selene...

—No... —Me alejo. No soy tan fuerte como parezco. Si me toca, me desmoronaré—. Estoy bien. —No estoy bien. Tengo el estómago revuelto, la visión nublada, el mundo se estrecha como la luz al final del túnel. Tengo que salir de aquí antes de flaquear, estallar en lágrimas o vomitar.

Mis piernas se tambalean mientras me dirijo a la salida, pero lo logro.

—Selene —me llama Lucius—. ¿A dónde irás?

No me doy la vuelta.

—Regreso al territorio de mi manada. Quiero averiguar qué sucedió.

—Llévate la sangre. Es posible que la necesites.

—Lucius...

—Tómala —ordena con dureza, antes de continuar con una voz más normal—. Y un coche. Mi último regalo para ti.

Espero pero él no dice nada más.

Quiero decirle todo lo que significa para mí. En cambio, reúno fuerzas en mis débiles extremidades, mi estómago aún se agita.

Lucius no se da la vuelta ni me mira.

Quince minutos después, el aire nocturno me refresca la cara cuando salgo tambaleándome por la puerta. Llego al lado del Lamborghini antes de inclinarme para vomitar en el pavimento.

Varios guardias de seguridad aparecen.

—¿Estás bien? —Uno de ellos pregunta.

Agito la mano.

—Demasiadas copas esta noche. —No es eso. Lo único que bebí fue la que Xavier me dio.

Me trae un paquete de toallitas y una botella de agua, señala la bolsa de plástico guardada en la guantera. Me apoyo en la puerta, llevando aire a mis doloridos pulmones. Sería una pena vomitar en un coche tan bonito, pero tengo que irme de aquí.

El malestar disminuye y arrojo mis cosas en la parte trasera del coche.

Tengo la sangre, no sé por qué, pero parece demasiado buena para desperdiciarla y puede ayudarme a luchar. Si Xavier viene tras de mí, podría necesitarla.

Cuanto más lejos conduzco, más débil me siento. Debo de haber comido algo en mal estado. Si romper con Lucius me enferma físicamente es porque soy una tonta sentimentalmente. No es como si hubiéramos estado juntos tanto tiempo. No esperaba que durara, ¿verdad?

Conduzco más deprisa pero mi visión se ha vuelto borrosa mientras amanece.

Me desvío de la carretera principal y encuentro un aparcamiento cerca de un sendero natural. Siento debilidad irradiando en mis brazos. Estoy muy mareada. Abro la puerta del coche intentando vomitar, pero ya tengo el estómago vacío. Me echo hacia atrás y cierro la puerta del Lamborghini antes de reclinar el asiento. Hoy ya no voy a conducir. Siento el cuerpo pesado como si me hubieran dado una paliza.

Recojo mi bolso y busco el teléfono desechable porque debería llamar a Declan, averiguar qué pistas tiene de mi manada, pero me siento exhausta. Me recuesto y me cubro la cara con una toalla. *Solo dormiré un poco. Solo un poco...*

* * *

Lucius

El aire frío me acaricia la cara. A esta hora de la noche, suelo prepararme para acostarme, reviso la seguridad, cierro mi cripta.

Esta noche me siento como una estatua.

Selene me dejó.

Le envío un mensaje a Declan: *De ahora en adelante, informa directamente a Selene.* Le doy el número de su teléfono y dejo que el mío caiga al suelo.

Mi cripta todavía está abierta pero no me importa. Es hora de dormir. Un mes de cielo con Selene, y vuelvo a sentirme como uno de los condenados.

Mi vida se extiende ante mí, oscura como una noche sin luna.

. . .

* * *

Selene

Tan pronto como mi cabeza golpea el reposacabezas, el sueño me envuelve como si me hubiera estado esperando. He vuelto a la maltrecha sala de actividades del lugar de reunión de mi manada. Veo la vieja mesa de billar en la esquina. El grabado de Ansel Adam despegándose de la pared. Hay voces que vienen de todas partes, del exterior y de la cocina. Toda la manada está a punto de venir aquí a comer, hablar, jugar, pasar la noche.

Alguien pronuncia mi nombre. Una voz de mujer, suave y ligera. Es mi madre que me llama. No la he escuchado en más de una década. Cruzo la puerta y termino en mi habitación. No he estado aquí desde la noche en que murió mi familia. La habitación gira: estoy sentada en mi cama, erguida, rígida, esperando. Alguien está afuera. Un intruso.

—¿Quién anda ahí? —grita mi papá bruscamente. La puerta del dormitorio de mis padres se abre. Él va a confrontar al intruso.

No, abro la boca para gritar. *No salgas, ¡te matará!*

—¿Selene? —Mi madre abre la puerta de mi habitación para ver cómo estoy. Con un golpe sordo, mi padre cae en la sala de estar. Mi madre se da vuelta, la puerta se abre lo suficiente como para que yo vea al vampiro desdibujarse a su lado. Él está sobre ella antes de que pueda girar. Su voz se corta y cae, su cabeza en un ángulo extraño. Rota.

Cuando el vampiro entra en mi habitación, me paralizo en mi cama, la mente me grita para huir, pero los músculos se niegan a responder, y él se dirige hacia mi cama. Su enorme cuerpo se cierne sobre el mío. *Georgianna,* me dice, y extiende la mano para tocarme el pelo. Entonces le veo el rostro nítidamente...

Grito y salto de la cama, pero él es muy veloz. Me va a atrapar...

El dormitorio se desvanece y vuelvo la casa club de la manada. Hay cuerpos por todo el suelo. Una anciana aún se mueve en la esquina.

—Fue él —me dice ella—. Fue el vampiro tuerto.

Me despierto de golpe. Todo mi cuerpo se enfrió como si me hubieran sumergido en agua helada. A mi alrededor, las sombras danzan alargadas. No es el amanecer, sino la puesta del sol. He dormido todo el día.

Dormí y finalmente soñé...

Un ruido metálico rompe el silencio y me sobresalta. Mi teléfono no para de sonar, enloquecido.

Contesto instintivamente, sin saber lo que hago.

—Ey, ¿habla la chica loba?

Me toma un segundo desenredar el significado de las palabras con ese acento irlandés.

—¿Qué? Sí. Soy yo. Selene.

—Gracias al cielo —murmura Declan—. ¡Te he estado llamando todo el día!

Miro el asiento del automóvil donde estaba el móvil.

—Sí, me quedé dormida. Estaba exhausta. —Debo de haber estado agotada para desmayarme todo el día y no escucharlo sonar.

—¿Tú estás con Lucius?

—No. Le dejé.

Declan hace una pausa. Un automóvil ingresa al aparcamiento y lentamente pasa de largo, más allá del Lamborghini. Me giro en mi asiento, siguiendo su trayectoria. Es un sedán negro con ventanas bastante tintadas que no me permiten ver al conductor. Algo en ello me pone tensa, pero no se detiene ni se aparca, solo circula y sale. Debe de haber tomado un giro equivocado.

Declan sigue hablando, así que me concentro.

—Frangelico quería que te lo dijéramos. Encontramos a una mujer de tu vieja manada.

—¡¿Qué?!

—Sobrevivió a la masacre. Fue recogida por otra manada, vivió sus días con ellos y les contó la historia del ataque a los líderes de la nueva manada. Puedo enviarte la grabación.

—Eso sería bueno. ¿La escuchaste? ¿Qué dijo ella?

—Sí, muchacha —dice Declan con voz gentil.

Trago saliva, mi boca está tan seca. Todavía me siento débil.

—Dime.

—Fue el ataque de un vampiro. Solo uno, pero era fuerte.

—¿Quién?

—Ella lo describió.

Tengo calambres intestinales tan fuertes que me doblo.

—¿Y? —Me quedo sin aliento. *Por favor, no digas que es Lucius. Por favor.*

—No es Lucius —dice Declan, como si pudiera leerme la mente. Me desplomo hacia atrás en el asiento, siento la cabeza tan ligera que podría flotar. *No fue él.*

Mi estómago se aprieta aunque los dolores son más débiles, pero mis emociones me causan estragos en el cuerpo. O eso o comí algo en mal estado... hace más de veinticuatro horas. No debería estar reaccionando tan fuertemente.

Mi primer instinto no debería ser limpiar el nombre de Lucius, pero no hay cambios en cómo me siento.

—Al menos, no creo que fuera Lucius —continúa

Declan—. La mujer describió a un vampiro grande y poderoso, que solo tenía un ojo.

El mareo ha vuelto.

—¿Qué? —Aprieto la mano con tanta fuerza que el plástico del teléfono se agrieta—. ¿Un ojo? ¿Estás seguro?

—Llevaba un parche, pero en la lucha un lobo se lo arrancó. No había nada donde debería estar el ojo.

La imagen del sueño explota en mi mente. La forma oscura en la habitación de mi infancia, acechándome después de matar a mis padres. El vampiro tuerto. Xavier.

—¿Estás seguro? —susurro. Si esto es cierto, lo cambia todo.

Capitulo Once

Selene

Cinco minutos después, he visto varias veces la grabación que Declan me envió. La anciana es una versión más pequeña y frágil de la loba que reconozco porque era parte de mi vieja manada. Mis padres solían acudir a ella para que nos cuidara a mi hermana y a mí.

En cámara, está desenfocada y confundida; su relato es vacilante hasta que llega a los detalles del ataque y cuenta la historia con el creciente horror de alguien que nunca podrá olvidar la atrocidad que vivió. Alguien que todavía tiene pesadillas de la matanza de su manada. Su descripción coincide con la imagen de los cuerpos tirados en el suelo: fue una de las últimas en ser herida, cayó y se hizo la muerta hasta que el atacante se marchó. Cuando describe al atacante, sus palabras son claras: un vampiro grande y masculino con cicatrices en la cara y un solo ojo.

Reproduzco la grabación varias veces, aunque no lo necesito. Lo dijo una y otra vez: el vampiro tuerto. Lo dijo. Tenía un solo ojo.

Las cicatrices y la constitución física son fáciles de

recrear como parte de un disfraz físico, pero no se puede fingir ese detalle condenatorio. ¿Cuántos vampiros tuertos hay?

Declan me envió los detalles de la manada que hizo la grabación, para que pueda hacer un seguimiento, pero le creo. No hay razón para que Lucius mienta, para pergeñar esta gran estafa. Y esta anciana no es la única testigo. En el fondo, reprimidos hasta que aparecen en mis sueños más oscuros, tengo mis propios recuerdos del atacante.

Todos estos años. Todas las pesadillas, noche tras noche. Dormir con una estaca para protegerme del vampiro en la habitación. No de Lucius.

Xavier.

Xavier fue a la casa de mi familia y mató a mis padres, acabó con mis hermanos. Xavier, quien me llevó a un hogar de acogida, me crió hasta que estuviera lista para entrenarme para matar. Pero primero, Xavier me borró la memoria para que no le recordara.

Sin embargo, lo sabía. En el fondo lo sabía. Nunca bajé la guardia.

El movimiento fuera del coche me sobresalta. Un pájaro vuela al refugio de ramas de mezquite. El sol se ha hundido detrás de las montañas, llevándose todo el calor. Los últimos rayos moribundos soslayan el parque, el mundo queda suspendido antes de sumergirse en la noche.

Llamo a Declan. No sé por qué. Necesito hablar con alguien.

Él contesta sin saludar.

—¿Lo viste?

—Sí. —Mi voz debe estar llena de dolor porque la suya se suaviza.

—Lo siento, muchacha.

—Vale. Estaré bien. Tuve un sueño, en realidad. Xavier

mató a mi familia y me borró la memoria para que no me acordara. Regresó y mató al resto de mi manada. Me tomó y me crió... —Tengo que tragar saliva varias veces como para continuar—. Me dijo que Lucius lo hizo. Me prometió venganza, pero fue Xavier quien los mató... —Debido a Georgianna, me doy cuenta. Quería vengar su muerte, y cuando me encontró, una chica que se parecía a ella, puso en marcha su plan. Todos esos años por una gran estafa.

Declan guarda silencio como si estuviera sorprendido por el giro de los acontecimientos. No puedo culparle. Lo viví y todavía lo encuentro horrible.

—¿Qué haces ahora?

Buena pregunta. Respuesta fácil. Mi misión no ha cambiado, solo mi objetivo.

Estoy a punto de decirle que obtenga información sobre dónde está Xavier cuando un SUV entra en el aparcamiento. En una nube de polvo, una canioneta Escalade se detiene y aparca detrás de mí, bloqueándome.

—Declan —digo—. Tengo compañía. Te volveré a llamar luego.

—¿Qué quiere decir *compañía*? —Sube el tono de voz cuando tiro el móvil en el asiento a mi lado. La Escalade amenaza en el espejo retrovisor. Las puertas se abren y unas sombras salen del coche. No son humanos.

Mi estómago comienza a revolverse otra vez. Como en un sueño, giro y agarro la nevera portátil con sangre que dejé en el piso del coche. *Toma la sangre. Es posible que la necesites.*

Lucius sabía que este momento llegaría. Mi mala suerte es que haya sucedido más temprano que tarde.

Con los ojos puestos en los vampiros que rodean el coche, agarro la primera bolsa y la destapo.

Un vampiro llama a mi ventana.

—Baja, cariño. Xavier quiere hablar contigo.

Salud. Inclino la cabeza hacia atrás y trago el espeso líquido lo más deprisa que puedo. Tal vez esté demasiado desesperada para sentirme asqueada, pero el sabor agridulce no me resulta desagradable. Tan pronto como baja por mi garganta, la adrenalina inunda mi organismo. El tiempo se ralentiza. Los vampiros se difuminan desde la Escalade hasta mi coche y parecen caminar a un ritmo normal. Mis extremidades, hace un segundo débiles y temblorosas, se sienten más fuertes que nunca.

Mi último regalo para ti.

Puedo luchar contra cualquier cosa, incluso contra un vampiro, lo cual es bueno, porque en unos dos minutos voy a tener que luchar contra muchos de ellos.

—Vamos —el vampiro golpea de nuevo. Sus amigos ahora están armados con barrotes. Es una pena que vayan a usarlos en el Lamborghini, pero no voy a salir del coche. No hasta que haya bebido más sangre.

—Vete al infierno —respondo, y agarro una segunda bolsa.

El mundo se ralentiza.

La luz de la luna brilla en los colmillos del líder.

—Tu funeral. —Agarra el barrote de su colega, el movimiento es borroso, pero casi a velocidad normal para mi visión mejorada, y salta sobre el coche. Hay un ruido sordo cuando el capó toma el golpe con la fuerza de su peso, y otro cuando golpea el barrote en el parabrisas. El cristal se agrieta pero no se rompe de inmediato. Debe de estar reforzado.

Espero mientras el vampiro golpea el coche con la barra de metal una y otra vez. Sus secuaces retroceden para observar el espectáculo. No es que puedan abrir la cerradura mientras el líder destruye este hermoso automóvil.

Xavier debe de quererme viva o muerta, y no le culpo. Si yo hubiera tramado este plan, entrenado a alguien para que matara y le hubiera manipulado durante una década, solo para que una sola loba frustrara mi venganza, yo también estaría furiosa.

No tan furioso como esta loba. La sangre de un rey vampiro chisporrotea por mis venas, aumentando mi rabia. Voy a salir de aquí, rastrear y matar a Xavier, pero primero tengo que lidiar con estos matones. Será un buen precalentamiento.

Encima de mí, el vampiro gruñe y golpea el barrote bastante fuerte como para hacer que el Lamborghini se estremezca. El cristal del parabrisas parece una telaraña de fracturas delante de mi cabeza y en cualquier momento se hará añicos.

Tengo que morderme el labio para no reírme. Esto va a ser divertido.

El vampiro levanta su arma de nuevo.

—¡Vale, vale! —grito, fingiendo estar asustada—. Saldré. —Levanto las manos, mostrando las palmas vacías. El vampiro sacude su cabeza hacia mi puerta. La desbloqueo y la abro, balanceándome lentamente. Los vampiros retroceden para darme espacio.

Gran error.

El vampiro que está en el techo del coche cae a mi lado.

—Xavier quiere...

Nunca me entero de lo que quiere mi antiguo mentor. La palanca de una cambiaformas no puede matar a un vampiro, pero sí atraparle y clavársela en las entrañas, es una buena manera de llamar su atención. A continuación se le gira la cabeza con bastante fuerza como para romperle el cuello y que caiga al suelo, listo para clavarle una estaca y dejarle abandonado al amanecer. Hago todo esto, y lo hago a toda velocidad como para desdibujarme. Cuando me doy vuelta, me tomo un segundo para registrar la conmoción en las caras que me esperan. Soy veloz como un vampiro. Tal vez más veloz.

Como en cámara lenta, los vampiros comienzan a saltar sobre mí, demasiado lentos. Salto primero. La palanca destripa a un segundo, luego a un tercero. He perdido el factor sorpresa, pero he pasado años practicando cómo luchar y matar vampiros. Entre la sangre de Lucius y el entrenamiento de Xavier, soy imbatible.

Persigo a dos más por el parque y les clavo estacas con ramas de palo verde. Regreso con más estacas y me cargo al resto, luego los arrastro hasta el parque y los escondo en una zanja. Con suerte, ningún humano los encontrará antes de que llegue el amanecer y los convierta en cenizas.

Cuando vuelvo a meterme en el Lamborghini, el teléfono desechable está sonando. Recojo el móvil, la nevera portátil con la sangre, y troto hacia la ahora vacía Escalade. Le quité las llaves al líder.

Declan contesta antes del primer timbre.

—¡¿Qué pasó?! —grita.

—Cinco vampiros intentaron llevarme con Xavier.

—¿Intentaron?

—Sí. Bueno, la sangre vampírica tiene sus beneficios —digo antes de poder pensar.

Pero Declan sabe todo de la sangre de vampiro porque exhala un suspiro, luego murmura en un tono de castigo:

—Muchacha...

Se me revuelve el estómago cuando arranco el coche, pero me siento mejor. No al ciento por ciento, pero lo suficientemente bien como para matar a cualquiera que intente detenerme. Sea un vampiro o cinco.

—¿Dónde estás? —Declan pregunta.

Una señal de tráfico pasa y se la leo.

—A unos treinta kilómetros de la casa de Lucius. ¿Por qué?

—Porque cuando colgaste, llamamos a Frangelico. Iba a tratar de rastrear tu coche, para que pudiéramos ayudarte.

—¿Y? —Doy marcha atrás la Escalade. No maniobra como el Lamborghini, pero es bastante ágil para un coche tan pesado.

—Entonces, nadie contestó en la casa. Ni Lucius. Ni ninguno de su equipo de seguridad.

Se me acelera el corazón.

—Voy para allá. Ahora.

—Selene, es peligroso, Frangelico querría que te mantuvieras alejada   —balbucea Declan.

—Podría correr peligro. —Xavier quiere tanto abatir a Lucius que mató a toda mi familia y a mi manada y esperó años, hasta que perfeccionarme como su arma perfecta. No va a parar ahora.

—¿Quién se atrevería a atacar al rey vampiro?

—Xavier —respondo, los latidos de mi corazón se aceleran con la Escalade—. No solo Xavier. Hay una conspiración en marcha. Los vástagos de Lucius quieren derrocarle. ¿Qué pasa si están trabajando con Xavier? —Cuanto más lo pienso, más sentido cobra. Esa subasta no fue obra de Xavier. Lo que sea que esté pasando, todos los enemigos de Lucius se han reunido.

Cuando piso el acelerador,los neumáticos chirrían.

* * *

Lucius

.   .   .

Reconozco el momento en que el sol se pone antes de que se instale la oscuridad porque mis pulmones se llenan de aire.

El letargo se disipa y me levanto apartando la tapa del sarcófago. Mi ritual requiere un acto de fuerza sobrenatural. Debería sentirme todopoderoso. Inmortal. En cambio, estoy exhausto y débil.

Cierro el sarcógafo y me estiro con las manos cruzadas como en oración. Pero ¿a quién le rezaría? En todos mis años, soy lo más cercano a un dios que alguien jamás conocerá. Inmortal, todopoderoso. Un monstruo, condenado para siempre.

El aire frío flota por el pasillo. Parpadeo, pero no giro la cabeza.

La casa está vacía sin Selene. Mi vida está vacía sin Selene.

Pero no mi cripta. Alguien más está aquí.

—Lucius —la voz de Xavier resuena en la penumbra.

Dejé la cripta abierta. Dos mil años en que nunca bajé la guardia. No hasta ella. Y cuando Selene apareció, trajo luz a mi mundo, como pensé que nunca volvería a ver.

Las sombras se alinean cuando el vampiro tuerto toma una forma sólida.

Es hora de que esto termine. Me levanto para saludar a mi enemigo de toda la vida.

—Hola, viejo amigo.

* * *

Selene

Mi pie presiona el acelerador mientras el coche sube la montaña hasta el palacete de Lucius.

—Espera, muchacha —la voz de Declan resuena en el teléfono desechable—. Ya casi llegamos.

Apretando los dientes, doy un giro demasiado rápido. La Escalade casi se inclina sobre dos ruedas, pero se endereza con un golpe discordante. *Ya voy, Lucius.* No sé si está en problemas, pero el hecho de que no conteste su teléfono, que los secuaces de Xavier me hayan encontrado, no es un buen augurio.

—Tienen que ser Xavier y todos los vástagos de Lucius —le digo a Declan para que sepa en qué nos estamos metiendo. Tan loco como suena, creo que trabajan juntos—. Hay algo que no entiendo. Xavier era enemigo de Lucius. ¿Por qué los vástagos de Lucius se alinearían con él? —me pregunto en voz alta.

—Selene, hay algo más que debes saber —dice Declan—. No le envié la grabación completa, solo la parte específica donde el testigo nombró al atacante.

Hago otro giro.

—¿Y?

—No toda tu manada murió en la masacre. El alfa hizo algunas averiguaciones y parte de tu manada fue llevada a un complejo privado. Esta instalación contenía un laboratorio, hay evidencia de que no murieron de inmediato. —Se detiene como si lo que está a punto de decirme fuera demasiado horrible para soltarlo.

—¿Tortura? —pregunto.

—No del todo. Los vampiros tenían el propósito de secuestrar a los más jóvenes y fuertes de tu manada. Creemos que los vampiros querían convertirlos.

—Los metamorfos no se pueden convertir —digo en piloto automático, incluso cuando las palabras de Lucius resuenan en mi memoria. *Tenían la idea de que podían convertir metamorfos*, dijo. *Formra un ejército para derrocar mi gobierno.*

—Xavier estaba buscando una manera de logarlo. Tenía la teoría de que si un cambiaformas pudiera convertirse en un vampiro, sería más poderoso que cualquier otra criatura. Capaz de derrocar a cualquiera.

—Como el rey vampiro.

—Exactamente.

—¿Funcionó? ¿Funcionó alguno de los experimentos?

—Aparentemente no. Todos los sujetos de prueba finalmente murieron. Lo siento, muchacha.

—Está bien. —Pensé que estaban muertos hace mucho tiempo. Esto no cambia nada.

—¿Alguna vez trató de convertirte?

—No. —Como me parezco el primer amor de Lucius, era demasiado valiosa para desperdiciarme en un experimento arriesgado, a diferencia del resto de mi manada.

Joder, malditos vampiros. La Escalade apesta a ellos. Presiono los botones para bajar las ventanillas y me relajo mientras el aire fresco sopla a través de la cabina.

No sé si puedo enfrentarme a Xavier y a todos sus vástagos, pero voy a intentarlo.

Bajo la velocidad a medida que me acerco a la puerta de la mansión de Lucius. Está abierta, pero alguien controla la caseta de vigilancia.

—Silencio —le ordeno a Declan y vuelvo a subir las ventanillas antes de detenerme junto a la caseta. Un vampiro sale.

—¿La conseguiste? Xavier quiere que sigas adelante...

Abro la puerta de golpe con suficiente fuerza para derribarle. Tropieza y cae. Con mi visión mejorada, estos vampiros no son tan agraciados. Salgo volando del coche y le salto encima, le rompo el cuello con un chasquido antes de que pueda decir una palabra. Le clavo la estaca y le dejo donde cae.

Detrás de la caseta de vigilancia, en una zanja, yacen los guardias de Lucius. No es una buena señal.

Vuelvo a la Escalade y le informo a Declan, y se lo transmite a quien está conduciendo.

—Voy a entrar —digo y tiro el teléfono.

—¡Espéranos, muchacha! —grita Declan y le respondo.

—¡No hay tiempo!

Un oscuro obstáculo aparece por delante. Dos Escalades negras más están aparcadas para bloquear el camino. Casi disminuyo la velocidad, hasta que veo las dos sombras de pie a un lado, guardias vampiros. Uno me saluda para que me detenga. El otro tiene un auricular en la cabeza. Veo el momento en que se dan cuenta de que no soy uno de sus colegas. Sus ojos se abren de par en par.

—Oh, no, no lo hagas —murmuro, y piso el acelerador. Mi SUV choca las otras camionetas, el metal contra metal provoca un sonido chirriante desgarrador. El impulso me hace pasar por encima de los dos SUV. Miro atrás mientras la Escalade se precipita hacia adelante, pero no hay señales de los vampiros. Es demasiado esperar que los haya derribado en el accidente.

Un golpe en el techo sobre mi cabeza, y sé exactamente a dónde fue uno de los vampiros. Aprieto el volante subiendo la empinada pendiente, tratando de sacudir al intruso. El vampiro se pega al techo como una sanguijuela. Respiro hondo e inclino violentamente el vehículo sobre sus ruedas. Se desestabiliza en un baile fuera de control, los neumáticos salen de la carretera. Todo mi cuerpo queda suspendido en el aire durante un horrible segundo mientras el SUV se vuelca sobre su lado derecho, y rueda varias veces antes de instalarse en una zanja.

. . .

* * *

Lucius

Xavier entra en mi cripta con pasos pesados. Tal como yo, puede moverse sigilosamente, El hecho de que elija no hacerlo es una muestra de poder.

Mira mi austera guarida con una mueca de desprecio y dice:

—Nunca fui tu amigo.

Extiendo mis manos y digo:

—Hermano, entonces.

—Mataste a nuestros vástagos.

—He matado a mucha gente. La mayoría se lo merecía.

—Un vampiro con conciencia. —Xavier sacude la cabeza—. Tan superior.

—Hay suficiente maldad en el mundo sin corromper a inocentes. Aunque, he corrompido mi parte.

Los bordes de la boca de Xavier se curvan.

—Lo recuerdo. Había una dulce rubia que cazaste, una vez.

—Georgianna. Sí. La convertiste antes de que yo pudiera.

—Ella era mía. —La voz de Xavier retumba a través de la cripta. Parece darse cuenta de que ha perdido los estribos porque respira hondo y se endereza—. Así como Selene era mía.

—¿Lo era? —Inclino la cabeza.

—Supongo que la mataste. La traición no puede quedar impune —dice Xavier.

Ladeo la cabeza fingiendo estar de acuerdo.

—Olvídate de la loba. No significa nada para mí —digo, la mentira me produce mal sabor en la boca, pero es más seguro de esta manera.

Xavier se ríe.

—Ella hizo su parte. Siempre fuiste un blando. ¿Por qué si no habrías dejado tu cripta abierta?

—Tal vez esté listo para el final del juego. —Pongo las manos en mi sarcófago y me inclino hacia adelante—. Así que decidiste matarme. Dime, Xavier, ¿qué te hace pensar que eres tan poderoso como para superarme?

—Interesante acusación, viniendo de alguien que llora por una mascota perdida. Ni siquiera puedes mantener a raya a tus vástagos.

—Me gusta darles una correa larga.

—Los mimas. Si fueran míos...

—Ah, pero no lo son. Según recuerdo, tienes problemas para engendrar vampiros. Requiere demasiados... cuidados.

—Engendré a Georgianna. —La sonrisa vacía de Xavier se vuelve engreída.

Mis manos se aprietan en puños.

—Solo la preparé. Sabías que ella había consentido ser convertida. Habíamos completado intercambios de sangre. Todo lo que quedaba era el intercambio final. Fue tan fácil seducirla. —Su risa llena la cavernosa sala.

—Le borraste la memoria.

—Por supuesto que sí —Xavier extiende las manos—. Somos dioses. ¿Tener ese poder y no usarlo?

—No es cierto. No hubo consentimiento.

—¡Consentimiento! —se burla Xavier—. Quieres que te amen por voluntad propia.

—Sí.

—Otra debilidad. ¿Y cómo te ha funcionado? ¿Cuántos

se han vuelto contra ti como te volviste contra nuestro creador? ¿Cuántos has matado?

No respondo.

Xavier se acerca a la plataforma.

—Georgianna no quería matarte, ¿lo sabías? Tuve que borrarle la mente varias veces antes de que obedeciera.

Intenta hacerme enfadar. Está funcionando.

—Pero ella obedeció, al final. Y la mataste. ¿Es divertido cómo se repite la historia?

—Me parece agotador. —Es cierto. Por toda esta miserable existencia no vale la pena salir del sarcófago. No fue hasta que Selene entró en mi mundo que tuve una razón para volver a sentir. Para recorrer un nuevo camino.

—Solo necesitas un desafío.

—¿Es eso lo que soy para ti, Xavier? ¿Un desafío? —Extiendo las manos—. ¿Cómo pensaste que podías matarme?

—¿Sabes cómo surgieron las subastas de cambiaformas?

Entrecierro los ojos y digo:

—Algunos de mis vátagos tienen inclinaciones por la sangre de metamorfas.

—Sí. ¿Sabes por qué?

Sí, en realidad lo sé. Mi propia investigación e interrogatorios me lo han dicho. Pero cruzo los brazos y dejo que Xavier se divierta.

—He estado en eso durante años. Cazando cambiaformas, capturándolos. Pensé, si puedo conseguir que uno complete el cambio, podría crear un ejército más poderoso que cualquier cosa en la Tierra. Tenía que haber una manera de hacerlo. Lo intentamos con todo tipo de metamorfos, fuertes y débiles. Pero prefieren morir como cambiaformas que vivir como muertos vivientes.

Resoplo y él asiente como si estuviera de acuerdo.

—Es una lástima. Podríamos haber creado vampiros más rápido de lo que podrías soñar. Un ejército de las criaturas más fuertes de la Tierra.

—¿Así que ese era tu plan para derrocarme?

Xavier sonríe.

—No es el único.

* * *

Selene

Cuando recobro el conocimiento, estoy colgada boca abajo en una cabina aplastada, cubierta de cristales. El líquido limpiaparabrisas drena fuera del capó. ¿Dónde estoy? ¿Qué acaba de pasar? El bloqueo. El accidente automovilístico. El vampiro...¡Vampiro!

Cuando me arranco el cinturón de seguridad, la gravedad se hace cargo y caigo golpeando el techo de la destruida Escalade. El mundo se inclina. A ciegas, busco a tientas la cerradura de la puerta. Cuando encuentro el botón de las ventanillas, digo una oración y lo presiono. Se abre la mayor parte.

Me he contorsionado para salir por la ventana cuando unas manos me sujetan debajo de mis axilas. Guardo mis fuerzas y dejo que el vampiro me arrastre. Intenta agarrarme la garganta, pero soy demasiado veloz para él. Retrocedo y le doy una patada en el estómago. Él cae. La velocidad está desapareciendo, pero estos tipos no esperan que sea tan rápida como un vampiro. Todavía tengo el factor sorpresa. Le clavo una estaca a mi enemigo caído y me alejo del SUV volcado. Hay otro vampiro más allá.

Corro a la escena de Escalades rotas. Los cristales

crujen debajo de mis zapatos. Encuentro al segundo vampiro inconsciente tras el choque y le liquido con una de mis estacas improvisadas.

El auricular cruje en el suelo con la voz de alguien que pide actualizaciones. En cualquier momento, enviarán gente para que averigüe. Tal vez ya lo hayan hecho.

Tengo que salir de aquí, pero las náuseas han vuelto para la venganza. Mi visión se vuelve borrosa.

Un destello blanco se aproxima por el camino hasta tomar la forma sólida de un Camaro. Retrocedo y caigo en una postura de lucha, pero un acento irlandés me detiene.

—¡Está bien, muchacha! ¡Somos nosotros!

Las puertas se abren de golpe y la grava cruje mientras me tambaleo. Declan y Parker aparecen a mi lado.

—Despacio, ahí, está bien. —Me apoyan mientras vomito sobre la grava. No puedo creer que todavía sienta tanto malestar en el estómago. Han pasado más de veinticuatro horas desde que he comido algo.

—Gracias —digo, usando una sección de mi camisa para limpiarme la cara.

—¿Estás bien?

—No —murmuro—. Estoy... No me siento bien.

—Vamos, muchacha. Al Camaro.

—Necesito ir con Lucius.

—No estás en condiciones.

Laurie aparece sosteniendo algo. La nevera portátil. Sobrevivió al accidente.

—Maldición —murmura Declan—. No esto otra vez.

Me libero del brazo de Parker para llamar al cambiaformas alto.

—Dame la sangre. Ahora.

Declan me bloquea el camino.

—Muchacha, no. Es muy peligroso.

—Lucius me la dio. Él sabe... Él sabe que la necesito para matar vampiros. Xavier me perseguirá hasta los confines de la Tierra cuando descubra que le traicioné. —Mi cabeza palpita. Cualquiera que sea el malestar que tuve antes, no se ha ido, sino que se enmascaró bajo la adrenalina que me da la sangre vampírica. Cuando esto acabe, voy a tener una migraña infernal—. Esto tiene que terminar ahora. Esta noche.

* * *

Lucius

—¿Has querido matarme por cien años? ¿Mil? ¿Desde que fuimos engendrados? Siempre estuviste celoso de mí, Xavier. Por supuesto que tenías varios planes para matarme. Ninguno de funcionó.

—Mmm —Xavier vuelve a parecer engreído—. Tenía grandes esperanzas en Selene.

—Y ella no me mató. Estuvo cerca, pero no se atrevió a hacerlo.

—¿Estás tan seguro?

—Estoy aquí, ¿no? Y ella no está.

—Ah, sí, eso. Dime, ¿qué le pasó exactamente? —Xavier sube a la plataforma, cerca como para que pueda distinguir las cicatrices de su rostro, incluso en la penumbra. Perdió su ojo en una pelea con una cambiante de osa, y aunque siempre usa un parche negro, su rostro es una vista espantosa.

Sin embargo, no me llama la atención.

Detrás de él, en el pasillo, se mueve una sombra. Un destello de una cabeza rubia. Xavier y yo ya no estamos solos. Mi mascota se coló en la sala.

Selene ha vuelto a mí en el mejor y peor momento posible.

Todo ha cambiado.

* * *

Selene

Xavier, de pie frente al sarcófago, habla con Lucius como si estuvieran en una fiesta. Los vampiros están locos.

Entré en la casa a hurtadillas. Fue fácil. He vivido aquí casi un mes, después de todo. Los guardias de Xavier estaban alertas y nerviosos, pero no me esperaban. Nadie espera que una loba salte empoderada por sangre vampírica. Dejé un tendal de cuerpos.

—Está muerta —la voz de Lucius resuena a mi alrededor —. La maté.

—Pensé que lo harías. ¿Cómo era su sabor? Siempre me lo he preguntado. —La voz de mi ex mentor hace que se me erice la piel—. Todos esos años la mantuve intacta, sin probar su sangre. Casta para la subasta. ¿Cómo encontraste su sangre?

Lucius se lame los labios con un destello obsceno de colmillo.

—Deliciosa.

—¿La drenaste?

—Sí, yo... —Lucius se detiene a mitad de la oración mientras todo su cuerpo se agita y se desploma sobre el sarcófago, de repente jadeando por respirar. Me paralizo.

—Ah, sí. Me preguntaba cuándo entraría en vigor. —

Xavier da un paso adelante, avanzando lentamente hacia Lucius.

—Quédate atrás —dice Lucius ronco. Me agacho. Algo sucede. ¿Debo ir a él? Me acerco sigilosamente a la habitación y Lucius levanta una mano—. Quédate atrás —repite, a pesar de que Xavier no se ha movido. Lucius sabe que estoy aquí. El mensaje es para mí.

—¿No me vas a preguntar qué sucede? —Xavier se ríe—. En este momento, tus extremidades deberían sentirse pesadas. El veneno se toma su tiempo, pero una vez que abruma los órganos, no hay vuelta atrás. No hay antídoto.

—Selene —susurra Lucius. Se me ponen los pelos de punta. Me levanto—. No —ordena Lucius con la voz afilada como un látigo. Me quedo donde estoy, de pie a plena vista, pero Xavier está concentrado en su enemigo.

—No sirve de nada —dice Xavier en voz baja—. El veneno está en tus venas. Sabía que no te resistirías a beber de nuestra Selene hasta dejarla seca. Tuve que tener cuidado con la dosis, suficiente para matarte sin que mate al portador demasiado rápido. Mi laboratorio trabajó durante años para que fuera de acción lenta.

—Cuándo... —Lucius balbucea.

Mi mente va a toda velocidad, sabiendo lo que Xavier dirá. Me envenenó. Ese bastardo me envenenó.

—En tu club. Entré y le di un trago. Eso es lo que uno hace en los clubes, ¿correcto? Luego ambos os fuisteis a casa y solo fue cuestión de esperar.

Lucius se estremece.

—Adelante. —Hace un movimiento de corte con la mano. Me está ordenando que me vaya. No puedo creer que Xavier no se haya dado cuenta de que estoy aquí, pero está demasiado concentrado en su enemigo—. Hazlo rápido...

—Oh, no lo creo —susurra Xavier—. Esa es la belleza de esto. Contigo débil, puedo tomarme mi tiempo. —Su cuerpo se tensa y sé que va a saltar sobre el sarcófago para derribar a Lucius.

—¡No! —Con las fuerzas que me quedan, me apresuro a la plataforma para atacar a mi ex mentor.

—¡Cariño! —Lucius grita—. ¡No!

Soy más veloz que Xavier, pero solo por poco. Impido que ataque a Lucius y él gira, siseando. Demasiado tarde, veo la estaca en su mano.

* * *

Lucius

Por un terrible segundo, Selene y Xavier luchan y el enorme cuerpo del vampiro cubre el de ella. Agarro la estaca que dejó a mis pies hace toda una vida y salto sobre el sarcófago de piedra. Arranco a Selene de Xavier y le clavo la estaca en el pecho. Se arquea, se pone rígido y cae. La estaca no está del todo en su corazón, pero lo detendrá por ahora.

Giro y me agacho junto a Selene.

—Oye. —Su sonrisa ilumina toda su cara. Su pequeña mano acaricia mi pecho desnudo—. No te atrapó.

—No.

De los hombros hacia arriba es hermosa, el cabello le cae alrededor de la cara en un plateado sedoso. Se extiende en su pecho y cuando lo acaricio, los mechones me manchan con sangre. Xavier le clavó una estaca en las entrañas. Pongo una mano sobre su pecho pero no me atrevo a retirar el puñal. Si no le ha dado a una arteria, estuvo cerca, y quitar la estaca acelerará la pérdida de sangre. Ya tiene las extremidades frías, rígidas.

—¿Qué está pasando? —Sus labios se vuelven azules.

—Cariño... —Mis manos acarician su cuerpo buscando más heridas. La estaca no debería retrasar su curación de cambiaformas. Se está desvaneciendo demasiado rápido.

—El veneno —Xavier se ríe a nuestro lado.

Me apresuro y voy a su lado. Tiene la estaca a la mitad de su corazón. Pongo un pie sobre él y presiono.

—¿Dónde está el antídoto?

Mueve la cabeza a izquierda y derecha.

—No hay ninguno.

—Lucius...

Xavier hace una mueca. Con su fuerza final, levanta una mano y me agarra la pierna.

—Está viva. ¿Cómo...?

Me inclino sobre él con los colmillos descubiertos.

—No la maté. La hice mía. —Siento su agarre convulsionado en mi pierna, pero su fuerza se ha ido. Otro enemigo vencido. Pero ¿a qué costo?—. Te veré en el infierno —le digo y hundo la estaca otros centímetros, hasta que su boca se abre y sus ojos se vuelven negros.

Vuelvo deprisa al lado de Selene.

—Cielo. Dulce Selene. Mi mascota. —Mis manos acarician su cuerpo. Quiero sacarla de este lugar, pero es posible que no sobreviva.

—Solo es una herida de la carne... —susurra—. ¿Por qué estás... tan triste?

Sacudo la cabeza, sin querer responder.

—No importa. Estás aquí. ¿Cómo lo hizo...?

—Nadie espera a la Inquisición... —La sangre se escapa de su boca y la limpio de sus labios con dos dedos.

—Shhhh. No hables. —Un temblor la recorre y

respondo a la pregunta en sus ojos—. Tu cuerpo está colapsando. Te envenenó.

Su boca trabaja bajo mis dedos.

—Prueba...

—Sí, cariño. Te envenenó para llegar a mí. —Ella se está muriendo por mi culpa. Siempre lo es. Mi pecho se contrae, mi cuerpo se tensa con la necesidad de gritar.

Los pasos en el pasillo hacen que me ponga de pie. Declan, Parker y su alto y raro amigo vienen corriendo hacia la plataforma y contemplan la escena con horror en sus caras.

—¿Es por la sangre? —El lobo irlandés pregunta.

—¿Ella tomó la sangre? —gruño—. ¿Cuánta tomó?

—Toda. Se la llevó toda —dice Declan. El cambiaformas alto, a su lado, se mueve—. ¿Es eso lo que le pasa?

Niego con la cabeza bruscamente.

—Es por un veneno. Destinado a vampiros. —Mi sangre no la salvará. Su curación de cambiaformas está funcionando, pero sus heridas son demasiado grandes. Su organismo está abrumado. Nada puede salvarla ahora.

A menos que...

—¿Hay un antídoto? —Declan pregunta—. ¿Qué podemos hacer?

—Afuera. Dejadnos a solas. —Lo que estoy a punto de hacer no puede ser presenciado por nadie más que yo.

—Señor...

—Vuestra deuda está saldada —les espeto, acunando la cabeza de Selene con manos suaves—. Vamos.

—No. —Declan suena tan terco que aparto mi mirada de Selene. Nadie me dice que no—. No la vamos a dejar.

Por supuesto que son solidarios. Selene inspira ese nivel de lealtad sin siquiera proponérselo.

—Nunca le haría daño. Pero debéis salir y cerrar la

cripta. No le digáis a nadie lo que visteis hoy. —El eco de mi voz muere con el sonido de los pasos en retirada. Me relajo. Selene y yo estamos solos. El único sonido es el traqueteo de su aliento.

—Oh, cielo, estás deshecha. —Está tan pálida que su vida se le escapa con cada latido del corazón. Para cuando su cuerpo luche contra el veneno, morirá por la herida de la estaca.

—Valió la pena... —susurra sin ira, sin rencor en su rostro. Nada más que amor. Levanta una mano y yo la capturo, llevándola a mis labios.

—Espero que puedas perdonarme por lo que estoy a punto de hacer, Selene.

Sus ojos se abren.

—¿Qué...?

—Shhh. —Toco sus labios de nuevo, inclinándome cerca —. Si pudieras elegir, ¿te quedarías conmigo?

Sus cejas se fruncen.

—¿Quedarme? —Su cuerpo convulsiona en mi agarre mientras el dolor le destroza los órganos. El veneno toma el control.

—Escucha, Selene. —Me quedo sin tiempo—. ¿Qué elegirías?

Su boca se inclina bajo mis dedos mientras susurra:

—A ti.

Mi cabeza cae hacia atrás, el alivio estalla en mi pecho. Con Selene desvaneciéndose a mis pies, desgarro mi carne, una herida justo encima de mi corazón. Levanto a Selene y presiono su boca contra la herida.

—Bebe —ordeno. Traga la sangre, sus labios se posan en mi piel mientras bebe profusamente.

Puede que no funcione. Puede que sea demasiado tarde. Pero hay una remota posibilidad y tengo que intentarlo.

Selene convulsiona en mis brazos y la agarro con más fuerza.

—Eso es, cariño. Todo estará bien. —Me agarra, esforzándose. La inclino hacia atrás para que mi sangre fluya más fácilmente por su garganta. La transformación requiere varios intercambios, entre creador y vástago. Hemos intercambiado sangre varias veces, y con la cantidad que bebió hoy, podría funcionar. Siempre y cuando el veneno no abrume su cuerpo primero.

Un largo suspiro acompaña el sacudón de su cuerpo, sus manos sueltan el agarre sobre mis hombros. Cierra los ojos. Sus órganos están fallando.

Con las manos temblando, saco la estaca, la sangre brota y presiono mi mano contra su pecho mientras respira por última vez. Su cuerpo no puede sobrevivir a la pérdida de sangre y al veneno. Pero cuando ella muera, el virus vampírico echará raíces. Solo puedo esperar que mi sangre sea suficiente para salvarla.

Solo puedo esperar.

En la quietud de mi cripta, sostengo su cuerpo durante horas, mucho después de que se ha quedado inmóvil. Mucho después de que la sangre se ha secado. Beso sus fríos labios, me levanto y lavo su cuerpo tras haberla colocado sobre la losa de piedra. En la tenue oscuridad, su cuerpo brilla con una luz interior como una criatura de luz de luna, un faro en la noche. Podría caer de rodillas junto al sarcófago y adorarla para siempre.

En cambio, limpio la cripta y lidio con el cuerpo de Xavier. Lavo y purifico la cripta porque me acomodo para una larga noche. A lo largo de los años, he realizado innumerables vigilias, esperando que los vampiros que he creado se levanten. La alegría del nacimiento siempre se tiñe de dolor, una vida precedida por la muerte. Inclino la cabeza en apariencia de oración. Esta cripta es ahora como un útero.

Cerca del amanecer, el silencio se quiebra con una larga y triste nota. El aullido lobuno. La melancolía suena tanto como un saludo como un adiós. Y lo sé.

Se acerca el día. Me estiro junto al sarcófago esperando el sueño de los muertos. Sobre mí, en la losa, el cuerpo de Selene yace quieto, pero puedo sentir el cambio. Ella ha engañado a la muerte y al caer la noche, se levantará como una vampira.

Inmortal, como yo.

* * *

Selene

Cuando abro la boca, el aire entra en mis pulmones. Siento el cuerpo pesado como una losa de mármol. Respiro profundamente hasta que los hormigueos suben y bajan por mis extremidades, dándoles vida.

Debo de haber hecho algún sonido, porque al momento siguiente, Lucius se para junto a mí con el ceño fruncido mientras me mira de arriba abajo.

—Oye. —Le doy a Lucius una media sonrisa porque la boca no me funciona bien. Ninguna de mis extremidades lo hace—. ¿Qué ha pasado?

—Selene. —Hay un mundo de alivio en su voz—. Estás despierta.

—Sí, Capitán Obvio. —Mis músculos se tensan mientras trato de levantarme. ¿Por qué no puedo sentarme?

—Despacio, cielo. —Me pone una mano en el pecho.

—Me siento rara.

—Sí. Pensé que podría pasar. —Desliza un brazo debajo de mis hombros y me ayuda a sentarme. Mi cuerpo se siente diferente, y no sé por qué. Estoy desnuda, pero sorprendentemente no tengo frío. El aire de la cripta fluye a mi alrededor, el gélido aroma a vampiro se transforma en una calidez reconfortante. Toco el punto en mi pecho donde Xavier me apuñaló. La piel está sana, sin manchas. Estoy entera.

Las manos de Lucius rozan mis costados. La sangre se impulsa en mis venas, mi cuerpo despierta con su contacto. Su pecho todavía está manchado de sangre, pero el mío está limpio. Paso la mano por la mancha roja y me la captura.

—¿Qué pasa, cielo?

—Tanta sangre —murmuro.

—Sí. Era necesario. —Él inclina su cabeza cerca, su cabello oscuro roza mi frente—. Bebiste toda la sangre que te di.

—La necesitaba.

Me aprieta la mano.

—Regresaste por mí.

—Estabas en peligro. En problemas. Xavier... —Empujo a Lucius, frenética por mirar más allá de él.

—Shhh, no te volverá a hacer daño.

Mi mentor se ha ido, el lugar en el piso de piedras donde yacía está limpio.

—¿Es él...? —Miro desde las piedras a la cara sombría de Lucius.

—Lo atrapé cuando se distrajo. No podría haberlo hecho sin ti, cariño. Me salvaste la vida.

—Sí. —El dolor se retuerce en mi sien, lo froto. Tengo que recordarlo—. Me alegro de que se haya ido. Mató a mi manada. Mi familia. Fue Xavier.

—Oh —Lucius suena tan dolido como me siento—. Selene.

Sacudo la cabeza y hago una mueca.

—Me alegro de que haya muerto. —Mi cabeza palpita

como si hubiera sido golpeada. Reviso mis recuerdos, reviviendo lo que sucedió. Xavier, en la cripta, Lucius tambaleándose—: Te lastimó. Estabas herido. Tú... cuando Xavier estuvo aquí. Parecías estar débil... —Me detengo cuando Lucius sonríe—. ¡Lo estabas fingiendo! ¿Cómo lo supiste?

—Una suposición. Xavier era tan engreído.

—Me usó para tratar de matarte.

La sonrisa de Lucius se desvanece.

—Sí, Selene, y lo siento. Tu muerte es mi culpa.

Me muevo en sus brazos. Levanto mis manos entre nosotros, no para alejarle, sino para examinarlas. Mis manos se ven igual que siempre. Un poco más pálidas, tal vez.

—No estoy... muerta.

—No en la forma en que piensas. —Se ve tan triste que le cubro la cara.

—Está bien —murmuro.

—Cuando descubras lo que he hecho... Solo puedo esperar que puedas perdonarme, Selene.

—Por supuesto. ¿Qué...?

En respuesta, toma mis dedos y me los lleva a mi boca. No entiendo hasta que los empuja más allá de los labios. Toco algo duro, delgado y frío como una aguja afilada. Un colmillo. No es el colmillo de un lobo, sino un diente que pertenece a un depredador mayor, un...

—¿Vampira? —le pregunto, temiendo su respuesta.

Lentamente asiente.

Un pequeño sonido escapa de mi garganta. Un gemido.

—Me convertiste.

—Lo hice —confirma, y antes de que pueda decir más, me recoge en sus brazos—. Lo haría de nuevo aun sabiendo que cambiarías de opinión. Dijiste que querías estar conmigo. No podía dejarte ir. Ahora no. Ahora, cuando lo sé...

—¿Sabes qué? —Me doy vuelta en sus brazos, así que estoy frente a él. Mi corazón late fuerte en mis oídos. Bajo mi palma, el corazón de Lucius bombea sangre a un ritmo sincronizado.

—Te amo. Selene, te amo y no podía dejarte ir.

Levanto la mano entre nosotros, justo en frente de mi cara. Se ve igual, la piel pálida, las venas azuladas. La sangre fluye por mis venas. Sangre inmortal.

Todo es diferente. Pero cuando retraigo mi mano y veo el rostro de Lucius, lo sé: todo es igual.

—Lo sé. Lucius, lo sé. —Pongo mi palma sobre su mejilla. Su cabello está despeinado en contraste con sus rasgos elegantes. Por una vez no está perfectamente arreglado. Solo se necesitó una reunión con su enemigo y una experiencia cercana a la muerte para que olvidara su vanidad.

Se ve tan hermoso como siempre. Nada mundano. Como un dios en la Tierra. Un rey legendario vuelto a la vida.

—Yo también te amo. Te amé desde la primera noche.

Su aliento sopla mi cabello alrededor de mis hombros. Me abraza, sus labios encuentran mi oído.

—Eso es un alivio.

Me río en su abrazo.

—¿Pensaste que no te perdonaría por darme vida?

Él se aparta.

—Viene con un precio, cariño. —Me toma la barbilla con toda seriedad—. Te he condenado a una vida en tinieblas. Nunca verás el sol.

Me inclino hacia adelante y entrelazo mis brazos alrededor de él, necesitando sentirlo.

—No necesito el sol —le digo con toda honestidad—. Eres toda la luz que necesito.

Epílogo

El Club Toxic palpita con la música de la discoteca de la planta superior. Abajo, la mazmorra está repleta de vampiros, todos los vástagos de Lucius que se reunieron a sus órdenes.

Me pinto los labios con cuidado, los seco, aplico de nuevo, hasta que estén tan rojos como el líquido de mi bebida. Al menos, creo que lo están. Cuando me miro al espejo, no puedo ver nada.

Se me eriza el vello de la nuca un segundo antes de que Lucius respire en mi oído.

—¿Nerviosa? —Una mano firme aprieta mi hombro antes de deslizarse para ir a mi cuello.

—No. —Sigo mirándome al espejo, aunque no veo nada más que el reflejo de la habitación. No sé por qué me molesto. Fuerza de hábito, supongo.

—Buena chica. —En el espejo, mi vaso se eleva en el aire, levantado por una mano invisible. Lo tomo obedientemente.

—Pareces una diosa. —Se acerca él—. Tal vez esta noche me folle a una diosa por el trasero.

Tartamudeo y casi derramo mi bebida.

—Cuidado. —Lucius estabiliza mi mano—. Estás muy delgada.

—¿Cuánto tengo que beber?

—Te dejaré alimentarte de una vena esta noche —promete y me estremezco.

Esa es la diferencia entre él y otros vampiros, me explicó. El nuevo vampiro es débil, dependiente, requiere un equilibrio entre cuidados y un lento camino hacia la independencia. Ya hemos hablado al respecto:

—*Xavier trató de engendrar vampiros, pero lucharon contra él y él los mató, o les lavó el cerebro y no sobrevivieron porque eran demasiado débiles.*

—*¿Es por eso que tus vástagos sobreviven?*

—*Sí.*

—*¿Entonces sobreviviré? —Bromeé.*

No se rio.

—*Harás más que sobrevivir. Prosperarás.*

Sus dedos inclinan el vaso en mi boca y le dejo verter la sangre por mi garganta. Haré más que prosperar. Ya mi cuerpo es más fuerte, mis reflejos más agudos que los de cualquier vampiro. Desaparezco con facilidad. Cuando corremos por los senderos de montaña, venzo fácilmente a Lucius, pues mi fuerza de metamorfa se combina con las habilidades vampíricas para crear una nueva criatura. Soy imparable. La engendrada pronto superará a su creador. Soy la depredadora más poderosa de la Tierra.

Y la más enamorada.

—¿Lista? —Me quita el vaso.

—Como siempre.

Me ofrece su brazo.

—¿No quieres que gatee? —Bromeo mientras lo tomo.

—Solo si lo deseas. Pero no ante ellos. Nunca ante ellos. Te verán como a una igual.

—No son mis iguales.

Sus labios se contraen.

—No. Pero que lo descubran de la manera más difícil.

—Será un placer.

Salimos de su despacho.

Las multitudes se separan a medida que avanzamos. Hay muchas miradas curiosas. Muchas hostiles. Todavía huelo como una cambiaformas, una loba. Otra habilidad que tengo es controlar mi olor. Solo los más astutos sentirán que soy otra cosa.

Lucius se sienta en el trono. Tomo mi lugar a su lado.

—Bienvenidos, mis queridos vástagos. —La multitud se calma mientras Lucius la examina. No está sonriendo, pero puedo decir que quiere hacerlo. Hay una pizca de crueldad en la esquina de su boca—. Tal vez se pregunten por qué los cité a todos aquí. Como saben, asistí a una subasta hace un mes. Me dejé llevar un poco. —Algunos vampiros tiemblan nerviosamente, y Lucius esboza una sonrisa indulgente.

—Esta noche celebramos una ocasión verdaderamente alegre. Tengo un espectáculo listo, como nunca antes visto.

Me quedo impertérrita mientras los vampiros me miran. Esperan que su rey muestre a su nueva sumisa y me ponga a prueba frente a ellos.

Les espera una gran sorpresa.

—Damas y caballeros, permítanme presentarles a Selene. —Lucius extiende una mano y yo pongo la mía en la suya—. La nueva reina.

* * *

Lucius

. . .

Inspecciono a mis vástagos. Conmocionados, hoscos, murmuran el uno al otro, reafirmando alianzas. Una palabra equivocada y se levantarán contra mí.

—Señor —Teófilo da un paso adelante—. Seguramente no quiere casarse con una cambiaformas. Tan encantadora como es, no es una igual...

—No estoy de acuerdo.

Teófilo se mece sobre sus talones. Extiende las manos como diciendo "lo intenté". Los murmullos disidentes se hacen más pronunciados.

Alzo la voz.

—Las subastas de cambiaformas han terminado. Cualquiera que participe será asesinado, excepto, por supuesto, las víctimas metamorfas. Serán liberadas y se les pagará una suma de retribución que saldrá de las arcas de cualquier vampiro que las haya comprado.

La sala resuena con una negación absoluta. La mayoría de los vampiros son más que ricos, pero no importa la suma; pagar una suma de restitución a una cambiaforma dañará su orgullo.

Selene se estremece a mi lado, lista para defenderme. Le pongo una mano en la espalda. Pronto desataré mi mejor arma.

—Si no cumplen con este mandato dentro de la semana, no solo me responderán. Le responderán a Selene.

—¿Espera que obedezcamos a su mascota metamorfa? —Alguien dice desde la multitud.

—No solo obedecer. Espero que se arrodillen ante ella.

Los vampiros se echan atrás.

—No creo esto —Dante se abre paso hacia el frente. No hay señales de la adulación que suele mostrar—. Xavier tenía razón, eres débil. —Él gira para enfrentar a la multitud —. Ha llegado el momento. El rey ha llegado al final de su gobierno. —Cuando hace una seña, dos vampiros desaparecen de la multitud, saltando hacia mí.

Nunca llegan al pie de mi trono. Un destello de luz hace que la multitud grite. Un segundo después, parpadean y se tantean entre sí, frotándose los ojos.

Los dos atacantes yacen en el suelo con estacas que sobresalen de sus cuerpos. La boca de Dante se abre en sorpresa. Los vampiros que lo respaldaban se apartan.

—¿Qué es eso, Dante? —Levanto los dedos. Ladeo la cabeza y les doy a todos una sonrisa perezosa. Todos pueden ver que no tengo un pelo fuera de lugar.

Unos segundos después, notan las salpicaduras de sangre en el vestido blanco de Selene.

—Sé que planeabas alzarte contra mí. Xavier fue una buena opción para una alianza. Lástima que finalmente fue derrotado.

—Mientes —respira Dante. Saco un objeto del bolsillo de mi chaleco y se lo lanzo. El parche ocular de Xavier cae a sus pies.

—Tus planes han fracasado —le digo. Ninguno de ellos es inocente de conspirar contra mí. Aunque no participaran activamente en los planes para el golpe, no me advirtieron, sino que esperaron a ver en qué dirección soplaba el viento. Su silencio los condenó—. Permanecerás bajo mi gobierno, y te inclinarás ante mí y mi reina. O morirás.

Dante gruñe:

—Estás loco...

Muevo los dedos. Selene desaparece de mi lado. En un abrir y cerrar de ojos, tiene al traidor de rodillas con una estaca semiclavada en su pecho y su cabeza inclinada en un ángulo doloroso.

—¿Le doy un escarmiento? —pregunta ella, colocando una segunda estaca en la garganta de Dante.

Los vampiros a su alrededor se agitan, tropiezan. No la vieron venir. Nadie esperaba un híbrido de vampiro y cambiaformas.

—¿Qué es esto? —Dante balbucea, emanando furia—. ¿Qué has hecho, Frangelico? Convertiste a esta loba en una abominación... —Su diatriba termina en un gorgoteo cuando Selene le clava la estaca por completo. La sangre salpica en un arco a los invitados bien vestidos. El vampiro muerto cae al suelo. Selene se escabulle a mi lado con su vestido blanco moteado de rojo.

—Eso fue divertido —me dice con una sonrisa pícara—. ¿Quién es el siguiente?

Levanto las cejas ante la multitud. Nadie se mueve.

—Estoy seguro de que erradicaremos a más traidores en los próximos meses —le digo a Selene—. Los buenos vástagos son tan difíciles de encontrar hoy en día. Puedes tratar con ellos como te plazca.

—Gracias, señor —murmura Selene y se pasa la lengua por los colmillos.

Teófilo es el primero en caer de rodillas. Poco a poco, toda la multitud hace una genuflexión ante mi hermosa reina.

Aplaudo.

—Ya está. Brindemos todos. —Los sirvientes del club salen de las esquinas y reparten copas de vino tinto. Dos empleados del club comienzan a retirar los cuerpos y les ordeno que se vayan—. Déjenlos. Es un ejemplo. Pueden sacarlos con la basura por la mañana.

* * *

Después del brindis, comienzan las escenas de BDSM. Los vampiros abandonan la mazmorra y regresan con sus sumisas. El club se llena de gemidos y gritos de los condenados.

Selene permanece a mi lado, vigilante. Se toma muy en serio su papel de justiciera. Inclino la cabeza hacia ella y se acerca.

—Necesitaré tu ayuda para cerrar las subastas de metamorfas —murmuro.

—Será un placer. —Selene se lame los colmillos viendo pasar a un grupo de mis vástagos. La mayoría le hace una reverencia, pero uno la fulmina con la mirada.

—Puede que hagan falta algunos ejemplos más para que te teman —observo.

—Lo estoy deseando —ronronea y la llevo a mi regazo.

—Gracias —susurro. Gracias a Selene, la mayoría de mis vástagos se salvará. Ella gobernará a mi lado y todos temblarán ante su poder.

—Estoy contigo, Lucius —murmura—. Nunca más estarás solo.

—Eres la luz de mi vida, cariño. —Hago un gesto y un sirviente se acerca con una reverencia, sosteniendo un cojín que porta una fulgurante corona plateada. Coloca la brillante diadema en la cabeza de Selene.

—¿Cómo me veo? —Gira la cabeza para que los diamantes proyecten la luz.

—Como una reina. —Le agarro la barbilla—. Llevarás una corona en público. Un collar en privado. Te arrodillarás ante mí, solo ante mí.

Se muerde el labio.

—No lo haría de otra manera.

¿Quieres más? El sol del alfa

¿Quieres más? Lee todos los libros de la saga Alfas peligrosos

El sol del alfa (Alfas peligrosos 13)
CÓMO SALIR CON UN HUMANO:

1. Solo di que no.

Sunny Hines es la mujer más exasperante que he conocido.

Cabello largo, gran sonrisa soleada, pequeñas pecas lindas, cuerpo firme como el yoga.

Delicioso aroma.

2. Resista el impulso de reclamar. Alejarse.

Mi lobo quiere marcarla, pero de ninguna manera me voy a enamorar de un humano.

Esta pequeña y bonita humana hippie me está volviendo loco.

Hace dos años, la tuve debajo de mí, aullando mi nombre, hasta que se fue.

Ahora ha vuelto, pero no me va a poner correa.

3. No... simplemente no.

Pero cuando la veo con otro hombre, no puedo dejar de marcar mi territorio y dejándolo claro:

Sunny es mía

Nota del editor: El Sol del Alfa es un romance para mayores de 50 años que presenta a un lobo dominante y protector con una mujer humana de espíritu libre ambientada en la exitosa serie Chicos malos alfa. ¡HEA garantizado!

El sol del alfa (Alfas peligrosos 13)

Libro Gratis - La virgin y el vampiro

Quiere un libro gratis de Renee Rose y Lee Savino? Suscríbete a su newsletter para recibir **La virgin y el vampiro** y otro contenido especialmente bonificado y noticias de nuevos. https://BookHip.com/XJPQQXK

Libro Gratis de Renee Rose

Quiere un libro gratis de Renee Rose? Suscríbete a mi newsletter para recibir **Padre de la mafia** y otro contenido especialmente bonificado y noticias de nuevos. https://BookHip.com/NCVKLK

Otros Libros de Renee Rose

Vegas Clandestina

Rey de diamantes

Padre de la mafia

Sota de picas

As de corazones

El comodín del Loco

Su reina de tréboles

La mano del muerto

El comodín

Rancho Wolf

Áspero

Salvaje

Feroz

Rudo

Indomable

Implacable

Dos Marcas

Rebelde - GRATIS

Tentada

Deseada

Seducida

Alfas peligrosos

La tentación del alfa

El peligro del alfa

El premio del alfa

El reto del alfa

La obsesión del alfa

El deseo del alfa

La guerra del alfa

La misión del alfa

El tormento del alfa

El secreto de alfa

La presa del alfa

La sangre del alfa

El sol del alfa

La luna del alfa

Relacionado a Alfas Peligrosos

Un muy alegre solsticio alfa

Alfa de Montaña

Héroe

Rebelde

Guerrero

Otros libros de Lee Savino

Relacionado a Alfas Peligrosos

Conoce a la autora

RENÉE ROSE, LA AUTORA BESTSELLER EN USA TODAY, ama los héroes dominantes, ¡los machos alfa que saben hablar sucio! Ha vendido más de un millón de copias de tórridas novelas románticas con diferentes niveles de sexo no convencional. Sus libros han sido presentados en el Happily Ever After de USA Today y en Popsugar. Nombrada en el Eroticon de los Estados Unidos como la Próxima Autora Erótica Top en 2013, ha ganado también como Autora Preferida en Ciencia Ficción y Antología Valiente y Atrevida y con la mejor novela romántica histórica en The Romance Reviews. Figuró catorce veces en la lista de USA Today con su serie Rancho Wolf y varias antologías.

**Suscríbete a mi newsletter para recibir contenido especialmente bonificado y noticias de nuevos lanzamientos en Español.

https://www.subscribepage.com/reneerose_es

facebook.com/reneeroseromance
x.com/reneeroseauthor
instagram.com/reneeroseromance

Conoce a la autora

Lee Savino tiene objetivos grandiosos, pero la mayoría de los días no encuentra ni su cartera ni sus llaves, así que se queda en casa y escribe.

Mientras estudiaba escritura creativa en la Universidad de Hollins, su primer manuscrito ganó el premio Hollins de Ficción.

Lee vive en Estados Unidos, con su increíble familia.

Puedes conectar con ella en su sitio web, su grupo de lectores, y sus redes sociales.